我寄愁心与明月

吴小彤 著

上海文化出版社

如同在一个平常的日夜，
一道流星从自己的额前擦闪而过

被惊到的阅读

/ 阎连科

阅读受到了惊吓，无异于小功大禄的厚重喜悦，无论对于作家或是读者，这种意外的惊喜，都会使人忍不住放下书页，在屋里踱走几步，去给自己泡一杯好茶，甚至斟上半杯薄酒抿饮。

读吴小彤的《我寄愁心与明月》时，因为知道她刚出高中校门，踏进大学门槛的双脚也将将地并落下来，那位推荐书稿的朋友的夸赞，使人警觉并有些被礼貌遮掩了的不屑。于是，便把书稿弃置那儿，有意地不读不看。直到多日之后再次拿起书稿翻阅时，竟然从不屑到惊喜，再到坐下一气儿页页句句地细读慢咽。虽然没有泡茶斟酒，却是会每读完一篇一章，都无意间放下书稿，把自己的手指关节捏得啪啪作响，以此来排遣阅读的惊愕和费解，乃或是惊讶的不解，如同在一个平常的日夜，一道流星从自己的额前擦闪而过，那明亮的惊吓，让自己愕然站在了旷野的路途。

楚虽三户能亡秦，岂有堂堂中国空无人？

关中，沃野千里，南有巴蜀之饶，北有胡宛之利，阻三面而守，独以一面东制诸侯，可谓金城千里，天府之国。

这是开篇《又见长安》的前首之句，如果不知道作者是谁，年岁何如，也就是一次文白的阅读而已。可是我，已经知道这是一个青葱少女写下的历史散文，就不能不为那眼前的年幼和历史遥远的衔接，感到茫然而不可接受、不可理喻，无法用想象的脚步去丈量今天与古远的距离——九岁写作，十四岁出版自己的作品集，不仅有台湾的繁体版本，还有英译作品集的问世。我被这种惊愕、好奇所牵引，就这么一篇篇地读下去，从《又见长安》到《没有你的棋局》《我愿做你的钟子期》，再到尾末的《杏花轩梦记》，自上午十点开始味读，到下午傍晚读完作者自己所写的跋文《用现代文学书写古典精神》，近十万字的文字，其间除了午饭，再无二事参与其中，直到最后合上书页，坐在那儿想着这次阅读留下的惊讶和疑问：

一个孩子何以从九岁开始，就能写出这样的历史文章？

从童年到青年、中年乃至老年，这个漫长的数十年的岁月，她怎么从童年刚入少年就一跃而过？

文字的练达、典故的使用、古事旧迹和词章的信手拈来，怎么在一个中学生那儿一蹴而就地完成？即使你是北京最负盛名的中学的高才之生，天赋异禀，似乎也不该早慧到九岁写作，十四岁结集成书，并有英、日、韩等译本的陆续问世。

坐在我每天写作时为了颈椎病而不得不斜竖在桌上的木板面前，夕阳带着楼下古塔的淡影，投落在我家的窗上，也投落到我阴郁不解的内心。关于对作者（称她为作者，我以为比称她为少女作家更有一份莫名的尊重）文集的解读和分析，已有彭成梁老师非常专业的导读，他对各篇典故、诗词、语言、行文的理解，既可以帮助作者同龄人的析阅解惑，也可以帮助这些作品给我所带来的局促和惘然而稳下心脚。既然如此，我也就可以面对这样的写作，去粗思细想一些纯粹属于我个人的困惑和不解。

实在说，无论是作者早先出版的《我愿做你的钟子期》《你让我的世界永不寂寞》，再或现在要结集问世的《我寄愁心与明月》，这都让我想起当年蒋方舟给这个社会带来的惊愕和震动——六岁写作，九岁结集成书，十二岁在报纸上写专栏文章，之后就有长篇小说在中国最大的老牌出版社问世畅销。这样的景况，你不用"天才"去解释，就无以逻辑和通行。而今天，吴小彤又几乎是同样沿着这条无几相差的路道，带着刺目的光晕迎面而来，不同的是一个六岁，所写文章多为家事身物；一个九岁，目光却在遥远的历史迹留处和典章笔墨间。而她们其人生中途的变道，是一个被破格录取为清华大学的骄骄学子，另一个远足美国就读一所世界名校，在英语的世界里遥想着中文的古旷与奇美。倘若不是今天和方舟熟识并同校，我以我之经历和背景，到今天都无法理解她过早过早的慧熟和孤独。也正是她在我视界中的呈现和铺排，才使我看到吴小彤在眼前的光闪，没有灼目到让我过分的惶惑和惘然，去接受一种我们不说"天才"而说早慧或过早之慧的释解。

当说到作者何以对历史典籍和古文、古诗而稔熟偏爱到如此的境地，我也就自然想到，生活中确是有人神具天生就和某种艺术与他学相通相连的天赋，如同曹冲称象、曹植通诗，毕加索八岁所画就已功夫非凡。大约蒋方舟、吴小彤这样慧早惊人的写作，也都是这一类的天赋所在，只不过是我这一类人所处的环境、家境与时代背景和教育背景空白的人，才会感到惘然而不可思议而已。才会愕然到不解罢了。可又说到写作的品相、境界和高度，除却彭成梁老师对这些被称为"历史散文"作品的解析和论说，让我惊敬的是这些文章写作的自由和跨跃，是走笔古今的来去穿梭和在文体想象上无拘无束的来往与抵达。是散文，又是随笔、杂感的交错与融合；是随笔，又是历史"真实"的人、事、关系和故事再现的篇章非虚构；是某类更为特殊的人、事非虚构，却又是基于想象之下去打捞历史实在、真迹和基于真实想象的小说之写作。每一篇似乎都基于真实的存在，可我们又都知道，那种存在正是基于当年文学想象的建立。没有当年那种文学虚构和想象的存在，也就没有今天我们与作者所知所识的历史真实。比如《没有你的棋局》中我们熟知的周瑜与诸葛亮之关系；比如《目光因你而停留》中的霸王与虞姬之存在。还有其他篇目里文在而人在的骆宾王、嵇康、王勃、曹操、韩愈、鲍济、卫庄、盖聂、阎督公、钟子期，如此等等，文为二十余篇，人至上百余位。而这上百个的历史人物，无论皇贵、英雄、文豪、诗人、乐家或者军事家，再或战争中的奸细，历史生活中的趣记，凡涉人物，大都有迹可查。有迹可查，又多见为当年的文学虚构。这种建立在先人虚构上的真实和对真实再造的加工之创造，成为我们的传统存在后，又被作者视为"真实"而再次进行写作的再造、想象、对话和复原式的加工，就为我们写作的门类和文体，贡献了新的品类和可能。有意也好，无意也罢，这种基于原有想象创造的真实和真实上的再造之存在，被当作文化和传统的真实而再次以非虚构的面貌进行文学再现时，该是多么的奇妙、有趣和文学化的一桩事，是一种文学新品提供的可能和尝试。尤其它出现在一个从中学到大学、从东地到西方读书、行走的少女的笔下，就不能不让人惊讶和注目，不能不让人阅读和畅想。再尤其读到最后作者的自我对话《用现代文学书写古典精神》的独白，从中读出她的局限和被灌输教育的边界时，反而让人获得了一种她写作的真实和其生活的实在，这也就让人觉得，她和她的《我寄愁心与明月》，既是我们生活中一次耀眼的晨光，又是我们写作中突然凝滑在眼前的一道惊鸿吧。

一如有人把一粒来自久远的钻石，突然置放在我们手里时，那从历史起步而远足到今天的那枚晶莹剔透的光钻，让我们感受到了历史和传递者那岁月的手温。

2019 年元月 21 日

阎连科 | 中国当代最具国际影响力、屡获国际大奖的著名作家。主要作品有《日光流年》《坚硬如水》《受活》《风雅颂》《四书》《炸裂志》《日熄》《速求共眠》等。曾获卡夫卡文学奖；多次入围英国布克国际文学奖短名单和法国费米那文学奖短名单。其作品被翻译近三十种语言，有各种外语版本上百种。

这些传奇般的"梦境"都很生动，有人物,有事件,有思想

小荷才露尖尖角

/ 彭成梁

读了吴小彤的部分文章，其内容之丰富，立意之睿智，文笔之犀利，让我禁不住连声叫好！可听说她年仅十四岁，我先是一怔，随后内心又有许多许多的欣喜。

十四岁，正是花样年华和多梦时节。大家都在做梦，但梦各有不同。我们的这位名叫吴小彤的小朋友在做些什么梦呢？她写过几篇记梦的文章，不是"过家家"，而是与古人对话，其梦境之所及，似曾相识，但又不乏新意。在《寻他千百度》一文中，她生动地写出了梦中见到削发为僧的骆宾王，了解到他的落魄主要是因为"帮徐敬业写过那纸雄文劲采的《讨武曌檄文》"，不禁感叹道："落笔至此，心中唏嘘不已——"又如"南柯一梦"的《过客》，写了高洁隐士嵇康的蒙冤而死，颂

其视死如归的品格，引用向秀《思旧赋》中"妙声绝而复寻"来状写嵇康虽死犹生的精神，感情十分真挚。再如《传说》，也是梦中故事，讲述了明灭元后，明皇帝"命兵部侍郎鲍济深入草原，以寻蒙古黄金家族之后裔"，想不到这个鲍济却是这个家族的一员。他到了战后一片狼藉的蒙古草原，被一小孩引至一山洞——"狼洞"，神奇般地见到了自己的兄长。兄长讲了一番意味深长的话，并引出了后面意味深长的故事。这些传奇般的"梦境"都很生动，有人物，有事件，有思想。梦境不凡，格调高雅，引人深思。

以对话的形式构思情节、状物写人，是吴小彤文章的一个重要特色。《你让我的世界永不寂寞》是与王勃对话，《目光因你而停留》是与项羽对话。前者，是对唐代与自己同龄的天才神童的赞美，简述了王勃写《滕王阁序》震惊四座的情景。她特别强调了王勃的年龄："满座的高朋真正地惊呆了——不相信自己眼睛看到的一切——后生如此可畏！如此精妙绝伦的文字居然出自一个年未及冠的十几岁孩童之手"、"一个十四岁的少年，竟然如此老成"、"一个命运多舛的少年竟如此胸怀大志，如此地胸怀宽广——"。此文巧妙地借用古人之口表达了自己对王勃的高度评价和对他的钦羡之情。面对同龄的天才少年，有志者，岂能不触动心灵！作者自己也是十四岁，其文章不也是很精到、心胸不也是很宽广吗？后一篇文字，则是赞美项羽的："我想，诸侯们跪于帐中不是对你权势的畏惧，而是对你霸王气概的敬佩。""我笑，这跨越千年的第一次相见，看到的竟是你如此英武的一面，感叹你不愧为万人敌。"深切地表达了对项羽的敬佩以及中肯的评价。

读到这篇小文，我竟想起李清照那首著名的《夏日绝句》来了："生当作人杰，死亦为鬼雄。至今思项羽，不肯过江东。"是啊，项羽垓下被围，他是因不愿愧对江东父老而在乌江自刎的，因此在中国历代戏剧舞台和当代银幕上，才呈现出《霸王别姬》余声袅袅的天籁之音和叱咤风云的悲壮之剧。吴小彤在文中以沉静的目光和冷峻的笔触，对这一段历史进行了凝视与深思，如同电影中的定格镜头，读起来既有一种美感，也对人有所启迪。这两篇文章格调清新、古朴典雅，富有文采，见解独到。

文无定法，艺无定规。文章的妙处，不在于怎么跟别人写得一样，而在于怎么跟别人写得不一样。吴小彤的《长是人千里》，是以韩愈的视角和口吻而写的一篇怀念柳宗元的文章，也可以说是替韩愈写给柳宗元的一封信，字里行间对柳宗元当时的心境和情绪揣摩得那么透彻、发自肺腑，同时也将他与柳宗元那种亲密无间的挚友关系，以及其对柳宗元的怀念之情写得非常熨帖、细致，很难得。她的《我愿做你的钟子期》和《没有你的棋局》，则分别是以周瑜、司马懿的口气写诸葛孔明的。前一篇把周瑜对诸葛亮的嫉妒、势不两立的狭窄心胸刻画得入木三分；后一篇则将司马懿在战场上每遇诸葛亮时那种害怕的心态写得淋漓尽致，故事生动感人，人物呼之欲出。两篇"小小说"似的文章，都从不同的侧面展示了诸葛亮的聪明才智与超凡能力，掩饰不住作者对他的仰慕与敬佩之情。

这些文采飞扬、思想深刻、情真意切的文章，不是直白的表达，而是艺术的呈现。其中用了不少典故、名言、诗词佳句，涉及到孔子、孟子、鬼谷子、王勃、王昌龄、李白、柳宗元、李煜、范仲淹、晏殊、贺铸、李清照、弘一法师等诸多贤圣、名家、诗人。可见吴小彤这位十四岁的女孩确乎是徜徉在古人的诗山文海里，云游于古人的思绪意境中。

厚积才能薄发。作者心中装的，肯定要比她写出来的多得多。一个满脸稚气的孩子，却熟读了不少诗书，积累了很多知识，并将这些知识运用得很得体，很自如，仿佛信手拈来，皆成文章，表现出作者的勤奋、刻苦、好学以及执着的追求。这，是我作为一个前辈作家和评论者内心格外欣喜的理由。

吴小彤似一枝含苞待放的"小荷"，已经在创作上露出了"尖尖角"，这是可喜可贺的。正如古人所说："涉浅水者观虾蟹，涉中水者捉鱼鳖，涉深水者擒蛟龙。"我希望吴小彤小朋友不要满足于既得的成绩，而要更加勤奋、刻苦，敢于"涉深水"，勇于"擒蛟龙"。我相信，只要她继续努力，沿着正确的方向发展下去，可以预卜未来的创作一定硕果累累。这，也是我最深切的期待和最美好的祝愿！

选自吴小彤《我愿做你的钟子期》

彭成梁 ｜ 著名评论家，先后任职于文化部、广播电影电视部、国家广电总局总编室。历任国家电影审查委员会委员，中国电影"华表奖"、电视剧"飞天奖"评委；曾在数十部电影、电视剧中担任编剧、编审、总策划，在 CCTV 大型歌舞晚会中担任监制、艺术指导。

目录

不可征服的灵魂

卫兄，将军百战声名裂，向河梁，回头万里，
故人长绝。我解不了这必死之局。
生平未报国　留作忠魂补。

辑二

江月何年初照人　你像一只俊逸的云中孤雁,在我的心中留下了刻骨的痕迹,让我的世界永不寂寞。

辑三

几回魂梦与君同 　　五百年必有王者兴，我不禁欣喜，终于轮到我，与你这个自出茅庐后就攻无不克、战无不取的智者，下一盘棋了——让我在楚河与汉界中，领略你如神般的兵法。

跋

用现代文学书写古典精神

　　　　——吴小彤对话录

辑一

不可征服的灵魂

卫兄，将军百战声名裂，向河梁、回头万里，故人长绝。我解不了这必死之局。

心知所见皆为幻影。我为了一己私欲，谎报军情，自知有罪，愿受军法。可唯有此地，我才能再见长安。

长安如梦里，不知何日是归期。

又见长安

此地不知何处，天眼见就要黑了。我一行十人，饥寒交迫，弹尽粮绝，却遍寻不到落脚之处。

我如何向大将军复命？

楚虽三户能亡秦，岂有堂堂中国空无人？

关中，沃野千里，南有巴蜀之饶，北有胡宛之利，阻三面而守，独以一面东制诸侯，可谓金城千里，天府之国也。

可如今，这也不过夷狄之土。升斗小民，布衣黔首，做了外族之臣。回首太康之治，天下无事，赋税平均，天下无穷人，看来不过一纸荒唐言。如今文恬武嬉，奢侈之费甚于天灾。内忧外患，夷狄有君，华夏也无。

可如今，洛阳、长安、建康，南渡君臣，一路奔逃宛如丧家之犬。九五之尊，只能拉住长安客，问问洛阳消息。胡马依北风，越鸟巢南枝，潸然泪下。问太子，长安何如日远？

"举目见日，不能见长安。"

偏安一隅，将大好江山拱手让与他人，真是愧对中原父老，无颜见列祖列宗！太子的一句话似是童言无忌，却令陛下心绪难平、彻夜难寐。黄粱美梦做得轻松，收复失地可不是纸上谈兵，精锐之师早已葬身沙场。可怜无定河边骨，犹是春闺梦里人。举国上下钝兵挫锐，匹马只轮又有何用？若是盲目举兵，一旦兵败如山倒，将士性命不过野心的祭品，民心不稳，只怕是水要覆舟。

食君之禄而不能分君之忧，大将军卫尚武心如刀绞，于是一日夜里密见圣上，得到圣旨一道——招募逃避北方战乱而来的流民，暗中秣马厉兵，瞒天下人之耳目，借北方局势未定之机，收复失地。

卫大将军与我本是长安故知。我二人师出同门，自幼也曾闻鸡起舞、废寝忘食。我二人名虽各姓，却情同手足。扶风卫家，一门文武。他凭借春风攀升高位，这次北上中原，收复失地，当问我是否同去时，我义不容辞，随即应允。

世事不能尽如人意，此行仓促，孤注一掷，胜算渺茫。人固有一死，又见长安，乃是心之所向，虽九死其尤未悔。

问心无愧。

天已经完全黑了，我们一行人日夜奔袭，若是再不能寻到一座城池，无颜见卫大将军。待到火把燃尽，只怕找不到归途，命丧此处。

卫尚武大将军领兵五千，自襄阳郡起兵一路向西，奔长安而去。但因行踪暴露，一路受阻，孤军奋战，死伤无计。加之粮草短缺，又迷了路，怕是到不了长安脚下，更别提攻城了。

将军无奈只能先安营扎寨，稳定军心。他召集众将，提议挑选一小队人马先行一步，探方位，寻粮草，明虚实，而后回报，兵马再动。此行凶险，前路未知，临行前众将曾壮志豪言满腔热血，此时之间竟无人敢去。

我去吧！

若能换得一线生机，不致全军覆没，我在所不惜。

而我现在，身处一片荒原之上，万念俱灰、山穷水尽。

忽见远处灯火辉煌，人喊马嘶、嬉笑之声不绝于耳，似是有座城池。我大喜，卫大将军有救了！于是，我率这一队人马向其奔去，看个明白。

离城越来越近了，黑夜之中，我看见城门上两个大字赫然。

长安！

我不禁狂喜，又见长安！只见城内——街衢洞达，灯红酒绿；人不得顾，车不得旋，阗城溢郭，旁流百尘；游士拟于公侯，列肆侈于姬姜；乡曲豪举，游侠之雄，连交合众，骋骛乎其中。

这果真是长安城！

我喜极而泣，真是暗室逢灯，绝渡逢舟，天不亡我！我命令军士速速回报卫尚武大将军，可率全军来此地。

不过，这一行九人，没一个回头。

"你们怎么还不回去？全军将士性命攸关，哪容你们犹豫？"

"陈大人，你让我们如何回禀大将军？"

"这是什么意思？我们遍寻长安不得，今夜我眼见得长安就在这里，当然要禀报大将军速速前来！"

"可是……"

"可是什么？"

"可是此地明明一片荒芜，寸草不生，长安偌大一座城池，我们看不到！"

"胡言乱语！我眼见得真切，你们怎么可能看不到？速速回禀，不然贻误军机，按罪论处。"

"陈大人！这真的不是长安城！而且我们走了，深夜寒冷，你自己孤身一人怎么能……"

"回去！"

"是。"

宵禁。城门在我眼前缓缓关上。

我翻身下马，数日奔波早已让我疲惫不堪。我慢慢走向城门，思往事，愁如织，以前左牵黄右擎苍，锦帽貂裘，日日从此门出入的情景清晰地浮现在眼前。我伸手，让我再摸一遍城门吧！眼见不能为实，我不敢相信故乡长安确实在我眼前。

没有江山天翻地覆，没有社稷危如累卵。只不过我回家晚了，城门已闭，被关在了城外。

离城门寸处，我突然惊觉，猛地收手——荒烟衰草，乱鸦斜日；玉树歌残秋露冷，胭脂井坏寒螀泣。

回不去的是太康盛世，回不去的是故园长安。

桃园望断，无寻处。

卫兄，将军百战声名裂，向河梁、回头万里，故人长绝。我解不了这必死之局。

心知所见皆为幻影。我为了一己私欲，谎报军情，自知有罪，愿受军法。可唯有此地，我才能再见长安。

长安如梦里，不知何日是归期。

如若现在离开，我还可拼死杀出城去，保你安然无恙，城外自有人接应。如若不走，今日你我千刀万剐，客死异乡，祭祀断绝，再无葬身之地。

你依旧无动于衷，蓦然看向窗外。你说要是千刀万剐也是我一人之罪，毕竟，你没有叛国。

罢了！

故国王孙路

愿得此身长报国，

何须生入玉门关。

我仓皇跑进堂中，身后几个亲信死士各个面露疲态，方才都曾殊死一战。"密谋败露于魏王，钟会被部下所杀，追兵已经不远，事不宜迟，陛下须得马上离开！"我环顾下一众家丁，我心知，双拳难敌四手，饿虎也还怕群狼。

我求陛下，速归故国！

你一言不发，无动于衷。

你漫不经心反问我此地生活安逸，香车美女，酒池肉林，何苦复国？闻听此言我大惊：时至今日，振兴蜀汉，重整江山，怕不是我一厢情愿？东奔西走、机关算尽，也只有我一已之力？

我求陛下，速归故国！

遥想昭烈皇帝出身匡世，扶翼携上，雄壮虎烈，大丈夫在世，交四海英雄，毕生所愿不过光复汉室、一统天下。只可惜桃园梦断，老将军败襄阳走樊城，腹背受敌，身首异处，孤魂难归故里。更惜桓侯悼惟轻虑，陨于阆中。火烧连营七百里，败于猇亭，退守白帝城，托孤永安宫。如今陛下怎能偏安一隅？先祖基业断不可失！

偏安一隅，你冷笑，伶牙俐齿，巧舌如簧！好一个偏安一隅！

门口侍卫来报，魏兵追到了宅门口。我不得不下令众将家丁：死守宅门，不得放魏兵入室。我岂不知道，对于护卫的众将，踏出此门便是死路一条。背水一战也只能拖延片刻喘息之机。众人血肉之躯，丹心一片，只为换你一条生路，换得蜀汉终有一日能东山再起。

我求陛下，速归故国！

事到如今，我心中悲苦，而你却说重整山河费时费力，你早已无心于此。那我问你，你可记得昭烈皇帝将你托付于丞相。肱骨老臣，五次北伐，六出祁山，七擒孟获，回首停鞭遥望处，再没有了烂银堆满的卧龙岗。将星陨落五丈原，马革裹尸还，难道不是为了稳蜀汉基业，匡你刘家江山？

你却反问我，丞相数次出兵莫不是为了一己私心？托孤白帝城，说的不还是"若嗣子可辅，辅之；如其不才，君可自取"。好一个君可自取，他倒真是一人之上万人之下！受遗辅政，就应有安定社稷之功。本指望他能买牛卖剑，济世邦邦，他反而无故用兵，南征北讨，国库空虚，祸国殃民！更可要看看今日之域中，哪里还是刘家天下？

你说我先前依靠蒋琬、费祎，还说是我除掉的魏延、杨仪，为的就是能爬上了右监军辅汉将军之位，统诸军，从而进封平襄侯。你问我如今心急如焚，莫不是要功名利禄，是想做丞相还是大司徒？

你还问我，我魏国降将，天水城下叛魏投蜀，岂知今日莫不是看蜀国大势已去，想投旧主，故意来限你于不仁不义之地？

陛下！你可知小来思报国，不是爱封侯！你可还知，蜀中应有半个戎臣辱？万千将士，哪个不是父母骨肉，但是古来征战能有几人回？你可曾见白骨露于野，千里无鸡鸣？血汗江山，你却拱手让与他人，九泉之下，有何颜面再见列祖列宗？

我求陛下，速归故国！

够了！

一声巨响，院门已开。院内杀声四起，刀光剑影，血肉横飞。

我再求陛下，速归故国！

如若现在离开，我还可拼死杀出城去，保你安然无恙，城外自有人接应。如若不走，今日你我千刀万剐，客死异乡，祭祀断绝，再无葬身之地。

你依旧无动于衷，蓦然看向窗外。你说要是千刀万剐也是我一人之罪，毕竟，你没有叛国。

罢了！

魂牵梦守，终化虚有。陛下，你可还记得那仓皇祠庙日，教坊犹奏离别曲，你也曾垂泪对宫娥？

房门顿开，魏兵蜂拥而入，刀光血影，剑拔弩张。想不到我久经沙场、鞠躬尽瘁、赤胆忠心，今日竟死于小儿之手。

你看着魏军，不禁放声大笑："我乐不思蜀！乐不思蜀啊！"

我求陛下……

罢了！可真是时危见臣节，世乱识忠良。

　　生平未报国，
　　留作忠魂补。

在所有喧嚣骤然停歇的那一刻，你知道，箭在弦上了。

只不过这次是对准了自己。

欲将血泪寄山河

马蹄鞭挞声渐次传来，刀剑出鞘声愈发清晰。

在所有喧嚣骤然停歇的那一刻，你知道，箭在弦上了。

只不过这次是对准了自己。

欲将血泪寄山河！

不过数日前，金军挥师南下，所向披靡；宋军招架无力，节节败退；敌人兵临城下，汴京危在旦夕。心忧如焚的大宋丞相只得速调岳家军前来救急。你还在随元帅征伐洞庭叛军，本是进营缴令的，却得了军令，草草收拾洞庭战场，只带五千兵马火速奔往朱仙镇。

如果你知道你只是前锋，如果你知道你身后还有六支五千人马的队伍，还有元帅的三十万大军，你或许不会冒进，不会以一敌百。

可惜，你等不得。

隆冬的汴京城，飞雪连天，冷。银装素裹的万里山河，待你来收拾。你五千人马冒雪前行两天两夜，疲惫不堪。沿途所遇流民百姓，扶老携幼、拖家带口，一问皆是从朱仙镇逃出。你不忍，命将士施以援手，以至误了行军。赶至朱仙镇，见金军漫山遍野、旌旗蔽日，你深知，凭手下区区五千士兵，疲惫之师，根本无法与虎狼抗衡，即便破釜沉舟，拼死一战，亦无胜算的可能。于是你果断下令：安营扎寨。

　　然而，你却单枪匹马要去金军营地走一番，打探虚实。
　　原以为，也只是打探虚实罢了。
　　兀术以为你乃偷营之辈，便派出四将来取你性命。只见他们骑黄马，罩白袍，威风凛凛向你冲来。笑话！你乃令公之后、将门虎子，这四人又怎是敌手？果然，你取敌军首级如探囊取物，只在回合之间。
　　金军围了上来，你虽寡不敌众却愈战愈勇。你知道，金军定会如同辽军一样畏惧、一样惊叹于杨家枪法！鼠辈之徒，人数虽众，难扭战局。看着敌人在你银枪白马驱赶之下向北四散奔逃，你不禁热血沸腾，不禁心潮澎湃，不禁仰天长啸。
　　数年前在宗庙祭拜先祖，盟誓北定中原、收失地、复国家的情景再次在你眼前浮现。而今你以为：
　　取兀术首级就在此时！
　　北定中原收复失地亦在今日。
　　于是你催马赶去。杀敌心切却不知已犯了大忌。

听说有一条近路能够赶至金国败军之前，杀个措手不及。

然而——

小商河，你无奈了，谁不知道小商河呢？谁没有提醒过你小商河呢？

只不过，战事正酣，杀敌心切，哪里还记得小商河。

你听到金军张弓搭箭的声音。

是了，哪一仗不伤你杨家将！三峡之险不能覆舟，覆于平流，只愿过了今日，你能用满腔热血告诫后人：北定中原，并非一人之力。

第一支箭——

穿透重铠，扎入肩膀，你感受到炙热的血蜿蜒流下，你深知再也无法看到汴京城的车水马龙和朱仙镇的熙攘人群，你也知道再无法去洒东山一抔土，无法收拾旧山河。

第二支箭——

扎断肋骨，刺入心脏，你知道就在今日，那用你的鲜血祭献过的山河也会悲恸，鬼神亦会哀泣。你也知道，从此之后，你的声名将如雷贯耳，一片丹心会永垂史册。

第三支箭——

罢了，岳元帅，若有来世，还愿做马前之卒，与你从头收拾旧山河，朝天阙！

你做了秦国客卿之后我配六国相印，再未与你谋面，更不能与你把酒对月，真是一去经年，良辰好景虚设。

不过我已与你共谋天下，足矣！

自别后，忆相逢。

几回魂梦与君同。

江 湖

三寸之舌，强于百万雄兵。

一人之辩，重于九鼎之宝。

又是一年风云变幻，听说蛰伏了许久的你要开始排兵布阵，大展雄才，逐鹿中原，重夺天下了。我并不焦虑，想来我们到不了兵戎相见的地步，不是吗？

师弟？

我知道我的才学远不如你。你的如簧之舌，你的权谋变术，你的雄才大略，让我钦佩敬重，想来天下唯有你是我敌手。

但我不愿意成为你的敌手，数年的同窗情谊怎能忘却？

本想跟你一起游说诸侯，一起功成名就，只可惜鬼谷同窗，合纵连横，只能对立。

罢了，师弟，朝堂上见。

出山之后几年，我落魄潦倒，仕途受挫，再也没有听到你的任何消息。我想以你的才华，早就应该做了将军或是相国了吧。

而今秦国势大，有吞天下之意，我的合纵之策终于受到了燕侯的重视，我也配燕国相印了。六国诸侯心意不通，合纵之盟不会长久，我最担心的是此刻若秦国趁虚而入，采用你的连横策略将六国各个击破，天下大局便再不能控制。

我总是派人去秦国打探你的消息却杳无音讯。

或许你还没到秦国，或许你还没被秦国重用。

幸好。

我在赵国第一次收到你要拜见我的名帖，才知道你之前还来不及施展才华就被楚相诬陷，打到半死。我不让门人给你通报，不是我想激怒你，只是我没有想清楚下一步的棋。秦王现在正为了没有任用我导致合纵局势而后悔，你到秦国申明连横之术，必定受到重用。

我何不助你一臂之力？

这样一来你定会感激我敬佩我，再加上数年同窗情谊，即使你做了秦相一时也不会破我合纵之局。六国之地五倍于秦，六国之兵十倍于秦，只要我有时间，让六国诸侯齐心，岂愁天下不平天下不定！

只是你若去了秦国，你我便是死敌，不能回转。我岂愿意？

飞云冉冉蘅皋暮，彩笔新题断肠句。试问闲愁都几许？

罢了，天下为重。

我终于在接见你的时候命令你坐在堂下，只给你最劣等的
礼遇，最差的食物，屡次用言语刺激你，说你没有才学是不值
得我举荐的人。你没有察觉到我的计划，你果然很愤怒，准备
去秦国。

想来你现在已经发现，那个在你去秦国路上与你投宿同一
客栈的贾舍人，给你车马财物的贾舍人，与你交谈投缘志趣相
近的贾舍人，是我的门客，是我命他护送你到秦国，是我命他
帮助你拜见秦王。

贾舍人回报说你得知我的计策之后果然感激我敬佩我，还
说，我在世之时你不会解我的合纵之盟。

够了。

你做了秦国客卿之后我配六国相印，再未与你谋面，更不
能与你把酒对月，真是一去经年，良辰好景虚设。

不过我已与你共谋天下，足矣！

自别后，忆相逢。

几回魂梦与君同。

周瑜不足我的才智，鲁肃不及我的能力，为什么他们能与你举杯对月，把酒临风，谈笑自若，但我只能与你在那穷冬烈风，冰冻三尺的战场上相遇！天大寒，路冰坚，又怎能谈笑风生？

没有你的棋局

　　蜀汉建兴四年，你一纸惊天动地的《出师表》，震惊了昏聩的刘禅，震惊了魏主曹睿，也震惊了我。

　　五百年必有王者兴，我不禁欣喜，终于轮到我，与你这个自出茅庐后就攻无不克、战无不取的智者，下一盘棋了——让我在楚河与汉界中，领略你如神般的兵法。

　　你视我为大敌，我知道。是你挑拨了那昏庸的曹睿，是你让我解甲归田，我也知道。

　　罢了，让我从那些一败涂地的将军们口中，见识你。

　　边关来报，你率军三十万，出屯汉中，曹睿闻听后，惊惶失措，竟派那夏侯楙领兵二十万迎战，我不禁抚掌大笑，"欲秉白旄麾将士，却叫黄吻掌兵权"，你定会赢这一局。

　　果然，赵云一战便擒了四将，你不费吹灰之力，又得了三城，抢先收了姜维，我不禁长叹：你竟在我之前，又收了一员良将。

曹睿昏庸，竟又派出曹真来迎敌，不知这曹真虽自称万人敌，却是有勇无谋之辈，王朗只是皓首匹夫，怎是你的对手？

王朗自诩口舌过人，一席话便能让你拱手而降、不战自退。闻此消息，我不禁笑他无知，你赤壁之战前舌战江东群儒的场景，他竟忘了么？王朗、曹真必败无疑。

果然不出所料。

你所向披靡，连胜数局，令魏国群臣瞠目结舌，他们都败下阵来，那我呢？

多少年的深夜挑灯苦读，只为与你一战。而今，我终于等到了。这不是我初出茅庐的第一战，但我也要让它名垂史册。

不出十日，我便率军从宛城赶到新城，斩了措手不及的孟达，断了你的念想——以反间计而智取中原。

我胜了第一招。

但我依旧感到畏惧。毕竟，孟达是孟达，不是你，不是那个胸藏百万雄兵的人。

我率兵连夜赶到街亭，发现你竟派马谡驻守，马谡徒有虚名，乃纸上谈兵之辈，你怎能不知？我不禁大喜，略施小计便夺了街亭、列柳两城。

不知为何，我竟琢磨是你让我故意占了街亭。

不敢细想。

我提兵继续追赶，在西县城的城墙上，终于见到了你。上一次赤壁之战中见到你，是在你挥洒自如的谈笑中，我与曹操那些丢盔弃甲的败兵在滚滚的浓烟之中仓皇逃离。这次，你在浓郁的烟雾里抚琴而坐，悠扬的琴声中，城门大开，我却看不到旌旗干戈，我知道，你已把他们收藏好了；百姓往来自如，旁若无人，我却看不到军队，我知道，这里当然没有。

你说我料你一生谨慎，城中定有伏兵，必不敢入城。但我岂不知，这只是空城计？

你领兵缓缓退去了，我不追赶。但我又怎不知道？

这一招，也算我胜。

……

六出祁山，你竟命士兵身着皂袍，装神弄鬼，企图吓退我，我岂又不知？你一世英名，当时却只有此种计策，我不愿与你苦苦相逼。只求今生能成为你的对手，与你对弈一局。

桀犬吠尧，岂不是各为其主？

意料之外的最后一次相逢，是在那苍凉的五丈原。上方谷一战后我无计可施，只能坚守地盘，谁知你竟一病不起。夜观星象，见将星已坠，料你已不在人世。我领兵追袭，突遇姜维将你及一小车推出，我大喊中计，急忙调转马头，收兵回营。

我知道，车上端坐的，不是你，只是一尊木雕。

多少次回首，依稀见你神机妙算，运筹帷幄的情形，我不禁恼怒：周瑜不足我的才智，鲁肃不及我的能力，为什么他们能与你举杯对月，把酒临风，谈笑自若，但我只能与你在那穷冬烈风，冰冻三尺的战场上相遇！天大寒，路冰坚，又怎能谈笑风生？

　　你我的棋局封盘了，你一去不归，更无人相替，我也不想再下这盘没有你的棋局了。

　　有你，不负我胸中百万兵，不负今生！

小吏又斟满了酒，子厚兄，就以此酒敬你吧。抬头望天，今夜又是月明。看来，我只能以此对明月了。

年年今夜，月华如练，长是人千里。

现在，连人千里亦不能了。

你曾说："今朝不用临河别，垂泪千行便濯缨。"

破晓时，泪痕未干。

长是人千里

不知为何，那夜我辗转反侧，难以入睡，便披衣闲步至庭院。四周静谧，皓月当空，遂命侍从取笔墨来，本想赋诗一首，无奈提笔却难以下笔，任凭文思在胸中涌动，只得复命他们取酒来饮，刚饮下一小盅，乍想起你贬至柳州已四年之久，那毕竟是蛮荒之地。睽违多年，许久不曾收到君的信函，同是天涯沦落人，莫非你想让我独饮此酒以邀明月么？

庭院萧瑟，终于起了些窸窣的脚步声，原来门口小吏急匆匆走来求见，言语中，听说河东观察使裴行立来信了。我仓皇读完信，不料颤抖的手竟将酒盅打碎在地，信中说你早已离开人世，他还邀我为你写篇墓志铭，这又叫我如何提笔？

罢了，罢了，自昔才名天所扼。

文字由来重李唐，如何万里竟投荒？永贞革新失败的十年间，你在永州度过，谪贬的痛苦，异地的落寞，或许只有你知道，如鱼饮水，冷暖自知，我却无法与你分担。这些年来，你不断寄信与我，讲述永州的故事，偶或附有你的文章。我细细品味那些文章，不能相信竟是出自你手，因其间所流露的悲凉味太浓了。还记得那次你寄信来，欣喜地告知我陛下已召你回京的事宜，想必是重新启用了。收到来信时，我与你同喜，永州毕竟不是久留之地。

后来接到的，是你过汨罗江时寄来的那首诗，即使过去多年，它仍响在耳边：

南来不作楚臣悲，
重入修门自有期。
为报春风汨罗道，
莫将波浪枉明时。

读完诗后，我不禁替你担心，你面壁十年，能破壁么？

十年憔悴到秦京，谁料翻为岭外行？果然，到长安后你又要南下，这次是柳州，与你一同启程的刘禹锡，他去了播州。

听朝中的同僚说，你与刘禹锡相见的那夜，皓月当空，繁星如置，而你们却泪如雨下，泣不成声。你说柳州的生活凄苦不堪，而播州更是荒蛮之地，刘禹锡还有亲人在堂，你又怎忍心让他去呢？众人惊愕，为你的大义所叹服。翌日清晨，你上奏折说自己愿意为刘禹锡而以柳州换播州，即使罪加一等，哪怕是死，亦无憾了。

听完此事，我潸然泪下，有骨气的文人在落魄时最能体现出其大义与正气。那些与我整日衔酒杯、接殷勤之辈，又怎能和你相媲美呢？

小吏又斟满了酒，子厚兄，就以此酒敬你吧。抬头望天，今夜又是月明。看来，我只能以此对明月了。

年年今夜，月华如练，长是人千里。

现在，连人千里亦不能了。

你曾说："今朝不用临河别，垂泪千行便濯缨。"

破晓时，泪痕未干。

哈丹巴特尔骤然惊醒。夕阳西下，天上只剩下片云几朵。一时之间，他分不清刚才发生的事情是真实的还是梦境，于是翻身上马，朝山洞位置飞奔而去，想探一究竟。不料，却误入歧途，往返数趟，皆未发现方才的那个山洞，所见到的，只是山脚处的一狼洞。

他放弃了——或许真是长生天为之。于是，他按照蒙古人的方式朝老狼洞的位置行了礼，顿觉胸中一股血液上涌。他抚掌大笑，蒙古人不是从狼起源的吗？

传 说

明灭元后，蒙古黄金家族孛儿只斤氏的子孙大多不知去向。有的早已死于仇人刀下，有的更名改姓留在明朝继续为官，还有的逃往辽阔的草原深处……

即便如此，明朝皇帝仍放心不下，命亲信大臣兵部侍郎鲍济深入草原，以寻蒙古黄金家族之后裔。而明皇却不知，这鲍济，真名叫哈丹巴特尔，与孛儿只斤家族有千丝万缕的关系。

亲信大臣接到任务之后，格外欣喜，立即收拾行囊，带随从若干前往草原。

明朝管辖下的草原地区，已是人烟稀少，没有了羊群和马队，没有了悠扬的牧歌，亦没有了马头琴和马奶酒，哈丹巴特尔旧地重游，不免感慨万千。

待细察那片熟悉的草场之后，哈丹巴特尔发现浅浅的绿草之下黄沙露出狰狞的面目，遂对左右随从说道："这片草原，想必已荒废良久，前些时日，下了大雨，草亦长了些许，不然此地仍是荒漠一片。"随从听罢，十分惊讶，心想大人生在关内，如何这般熟悉草原环境。哈丹巴特尔见此，生怕身份暴露，忙自谦道："在下知之甚少，皇上委以重任，是信我也，信我而辱使命，非人臣也。"随从疑虑顿消，跟着"兵部侍郎大人"一路向北。

不知走了多久，草原的翠绿被分割成东一块西一块。分割处，如同岩浆一样，亦如伤疤一样，面目狰狞，丑陋不堪。随从们早已走累，腿脚不灵，行动不便，禁不住窃窃私语、牢骚满腹："话说当年孛儿只斤家族，权重一时，威风凛凛，如今人去楼空，隐于斯地，岂不悲哉！"

"且不管那般，只苦得我等舟车劳顿。"

……

其实，这"兵部侍郎大人"哈丹巴特尔心中亦无底，身在明朝为官不过区区二十年，而世代所生活的草原竟发生了如此天翻地覆的变化。

他有一种直觉：此时，正一路向北。

在苍黄的云霞中，他望着鸿雁留下的一道道剪影，心中默默地向长生天祈祷，祈求予以支持和庇佑。那长生天，是年少时老额吉告诉他的。

他相信。

他坚信。

依旧马不停蹄——

　　随从们早已在原地休息待命了。当胯下之马累得走不动时，哈丹巴特尔终于看见了一片树林。林子里，松树参差不齐，枝貌丑陋，还抢占了大片阳光。林子旁边有一条河，河水浅浅，清澈见底，是标准的蒙古河。他口干舌燥，却一直强忍着，是蒙古族一代代的习俗与信仰让他强忍着。望着那片松树林以及那条小河，虽无皇家园林之秀丽，亦无大运河之壮观，哈丹巴特尔反而觉得这正是他一直在寻找的地方，亦是他勒马的缘故。

　　于是，他停了下来，任凭马匹在草地上自由徜徉，他躺在一棵大树下，决定小憩一番。

　　碧蓝蓝的天空上，不时飘来几朵白云，哈丹巴特尔准备闭眼休息之际，乍听到远处传来孩童的声音："这是你的马吗？"

　　蒙语！

　　他猛然惊醒，困意全无，循声望去，只见一孩子身着蒙袍，项上挂着金项圈，牵着他的马儿向他走来。

　　"这匹马是你的吗？"儿童天真地问道，丝毫未因他穿明朝官服而害怕。

　　"正是。"他有些激动，"你的亲人呢？"

　　那孩子把他领至一山洞。在那昏暗的洞穴里，他隐约看到了他的兄长——黄金家族孛儿只斤氏的传人。

　　……

兄弟俩畅谈良久，直到太阳西斜，兄长方催促道："你已身在明朝为官，既为人臣，亦要忠于其主。我们家族命数已尽，勿要回头！"哈丹巴特尔依旧不肯告辞，兄长无可奈何，只好大声说："快走吧！一切皆为长生天让你做的一场梦。"说罢，用力将他推出山洞。

哈丹巴特尔骤然惊醒。夕阳西下，天上只剩下片云几朵。一时之间，他分不清刚才发生的事情是真实的还是梦境，于是翻身上马，朝山洞位置飞奔而去，想探一究竟。不料，却误入歧途，往返数趟，皆未发现方才的那个山洞，所见到的，只是山脚处一狼洞。

他放弃了——或许真是长生天为之。于是，他按照蒙古人的方式朝老狼洞的位置行了礼，顿觉胸中一股血液上涌。他抚掌大笑，蒙古人不是从狼起源的吗？

祖先。

辽阔的草原上，人们往往忘记时间，不知今夕何夕。哈丹巴特尔觉得已经过了很久，便快马加鞭赶了回去。一路上暗想：或许这次的寻找只能是这个结果，做明朝之人臣，当忠于明朝，想必这亦是长生天的决定。哎，可我身上毕竟流的是孛儿只斤家族的血啊。

很快，他见到了他的随从们。随从们一脸好奇，遂问有何收获。他摇头作沉默状，稍后说："没什么收获。以后，尔等不用如我这般深入草原了。"

明朝皇帝听罢鲍济的描述，方知此行一无所获，甚是懊恼。皇帝虽有些狐疑，但以后亦没有再这样派人深入草原探寻了。

至此，我乍然惊醒，方晓以上种种，皆一梦也，亦或一传说耳。

晚生听到此，满怀凄怆，此人所言之事，已炳若观火。

"人不可貌相，看先生奴仆打扮，若非亲身经历，如何得知这般密事？"

"以前读史，兴亡盛衰风风雨雨，如听戏一般。而今鬓已星星，方知自己也是戏中人。"

戏中人

苏先生钧鉴：

晚生冯乐康，江北道平江府人。晚生久仰先生，尚不及拜访。祖父冯崇文在世时，政事堂中多半是家里旧客。可惜到家父时家道中落，门前冷落马鞍稀。此次来京，便是奉家父之命拜访朝中故旧刑部员外郎刘大人。刘大人曾是家父同窗，出身律学世家，如今春风得意。晚生才疏学浅，本想赴府上登门求教，谁料来京后，见到一桩奇异怪事，令人感慨万千、唏嘘不已。故而斗胆留书一封，望苏先生莫要怪罪。

晚生一到开封即向刘大人递上名帖求见。可今不如昔——庭院深深，一封信如石沉大海，令人心焦。一日，我闲来无事，与家仆走进酒肆，只见众人围着一人，聊得热闹。酒肆人声鼎沸，我心生好奇凑了上去，见讲话者面容憔悴，粗服乱头，仆役打扮，但器宇轩昂，口若悬河滔滔不绝。晚生愈发好奇，便坐下听他细讲。

"所谓诸侯逐鹿、问鼎天下，不过君臣一梦，千古空名。在下身为他乡之客，人微言轻，可谓此身已落千山外，旧事回思一梦中。三年前眼见辽宋相争，具体情节稍知一些，王侯将相亦认得几个，今日得尽酒兴，便与诸君一一道来……"

此人面色微醺，言辞之间略微停顿，想必有点醉了，但仍旧踌躇再三，唯恐祸从口出。

"快讲！快讲！少说那些文人的套话！你知不知道当年秦将军到底是怎么死的？"

"当然知道！秦将军是饿死的。"

"胡说！"酒肆里一时群情激愤，"都说二十一年前，先皇不甘辽控燕云故土，秦将军奉王命伐辽。本想乘辽内政空虚，出其不意，攻其不备，但辽人狡诈，重金贿赂朝臣，探得消息，做足了准备。益津关一战，宋军千殁。秦将军一代英豪，损兵折将，自知无颜见君王，为保气节，自刎沙场。都说秦将军是精忠报国，怎么可能是饿死的！"

"诸君，秦将军兵败不假，可是先皇为求颜面而故作清高。辽人也知秦将军乃大宋栋梁之臣，便遣使密访传递书信，胁迫先皇以十座城池换取秦将军性命。谁知遭到先皇严厉拒绝。辽人又想劝降，可秦将军满口忠义，毫无办法。秦将军见归国无望，不如成仁取义，绝食而死。"他说。

"没想到秦将军这等重臣，居然做出如此之事！有负君恩，竟不早早了断！幽囚受辱，丢尽了人！还想着回来！"众人随声附和。

我叹民心竟然如此摇摆，仅凭一家之言便将秦将军贬得一无是处。秦将军为国尽忠，竟沦落到君王不救、后世不怜的境地。真是秋坟鬼唱鲍家诗，恨血千年土中碧。

"诸君稍安！秦将军死后，契丹见大宋无人，故而图谋不轨。次年春，辽皇景宗命南京留守唐大将军率精甲攻宋。唐将军本是汉人，唐末，其祖父被掠至辽为奴，故为辽臣。其人能征善战，颇受器重。祁州一战，宋败。辽师如入无人之境，攻城拔地不过探囊取物，宋顿失七城。先皇下召罪己，传位于太子，尊太上皇。后若不是辽景宗病重，国内风云变幻，急召唐将军归国，则北境危矣。辽景宗龙体时好时坏，不足一年，景宗薨。辽景宗长子年幼，国内王公贵胄争权夺利一时混乱不堪。唐大将军本是太子一系，又为汉人，一时便成众矢之的。唐将军怕拖累太子，也怕鸟尽弓藏，故而上奏往蓬莱修道。大将军膝下无子，于是将府上诸事交到其弟唐仲清手里，轻装简从前往海上，从此音讯杳然……"

说书人继续道：这唐仲清与大将军虽是一母同胞，可却大不相同。他不习武事，一心只读圣贤书，所得不过一官半职。唐慈仁乃是唐仲清独子，他向来无心政事，只羡陶潜，也想采菊东篱下，悠然见南山。大将军在位时将唐慈仁视为己出，希望他光耀门楣。但大将军一直认为唐慈仁性格软弱，十分恼火，次次征战都将唐慈仁安在军中。

再说当年祁州血战，辽俘虏宋文臣武将九人。唐大将军汲取前车之鉴，想将这一众俘虏全部处死，以绝后患。谁料这绝密之事竟被唐慈仁听见。唐慈仁思来想去，百爪挠心——整日以仁义自诩，如今怎可亲眼见着无辜受戮而不发一言？故而跪在大将军帐前痛哭。大将军恨侄子无用，却也无法，于是拿出这九人的名册准许唐慈仁挑选一人不死，右颊刺字，带回自己府中为奴养马。生杀大权，一念生死，千斤重。唐慈仁权衡再三，选中了程叔清。此人是宋程武将军的长子，程将军朝中无人，颇受排挤，这次父子上阵想必是要表忠心。程叔清与唐慈仁何等类似？若非迫不得已，谁人情愿鞍不离马，甲不离身？同是天涯沦落人，唐慈仁顿时心生怜悯，要救他一命。

"你说的这程叔清，莫非是当今陛下宠臣——兵部侍郎程叔清程大人？"一听程大人，又有诸多闲人凑上前来。

"正是。"

"竟还有如此之事？也难怪，传言程大人虽英明神武，却整日以鬓发遮颊，想必是由此而来！"

"不错。"

"之后程大人在唐府如何？"

"诸君，"此人环顾四周，面露难色，"天色已晚，不如早还家，何必在此间逗留？若知后事如何，且听我下次分解。"言罢，不顾众人一再挽留，付了酒钱后匆匆离开，消失在夜色之中。我追出门去，只见市列珠玑，户盈罗绮，全然不见那人踪影。

于是我跑回酒肆，急急询问老板这是何人，却遭呵斥——因太多人问过。

无可奉告。

日暮酒醒人已远，满天风雨下西楼。晚生浑浑噩噩地回到客栈，繁华盛景，视而不见，回想此人方才所言种种，夜不能寐、辗转反侧。想天下之势，真担忧这唐慈仁如今飘泊在何方。

　　一连五日，晚生天天光顾那间酒肆，只盼着那人再次现身，能解俗客之惑。可他音讯杳然，踪影全无，令人不免心灰意冷。待到第六天，晚生一踏进店门，就见一人背对于我，已然开讲。一眼认出，心中不禁狂喜，急忙上前听他所言为何。

　　话说唐慈仁自祁州一战归辽后，朝堂上风云变幻、唐家失势，一时间无暇顾及诸多琐碎。五年过去，竟忘了程叔清还在府上。一日，旧友邀他围猎散心，家仆备马时，唐慈仁第一次见到了程叔清。可怜才秀人微！程叔清本是将门虎子，也曾飒爽英姿，如今卑躬屈膝、鸢肩羔膝，一如鼠雀之辈。蠖屈鼠伏，还不是寄人篱下？摧眉折腰，岂不因走投无路？

　　忠心耿耿，只不过成王败寇。

　　孔曰成仁，孟曰取义，惟其义尽，所以至仁。试问读圣贤书，所学为何？

　　当夜，唐慈仁听松声虫鸣，难以入眠。可叹果真是生亦所欲，义亦所欲也，二者不可得兼。不可得兼！想程叔清，他与其这般浑浑噩噩而生，不如光明磊落以身报国而死。虽说士可杀不可辱，岂不见管仲孙膑？若羞小节则功名将不显于天下。

　　美酒不销万古愁。

　　熬到天空鱼肚白，想召程叔清前来一叙，可又想起伯父教诲，怕人言语，恐说自己惺惺作态、妇人之仁。谁不是俯首帖耳，吠非其主？谁不贪功名利禄，谁不想名垂史册？

时势所迫，非情所愿，未期何日是回头。

若是……

不足一月，小厮慌张来报，说程叔清那厮前夜趁夜深人静、府中家丁疏于看管之时，盗走了马匹，如今不知去向。虽已派人去寻，但程叔清阴险狡诈，恐怕早就出城了。

"好！走得好！"

"就说程大将军不是凡夫俗子！岂能身陷如此绝境？"这一众看客，侏儒观戏，人笑亦笑。

说书人也笑了，继续讲："小厮问道：'公子要不要报官？'"

"'报官？报什么官？说我私藏俘虏？'唐慈仁言罢，大笑不止。'让他去吧！东郭养狼，放龙入海。走得好！走得好！程兄果然大智若愚！在下自愧不如！'"

"诸君，岂不闻美人自刎乌江岸，战火曾烧赤壁山，将军空老玉门关。伤心秦汉，生灵涂炭，读书人一声长叹。程叔清走后，此二人富贵繁华各自有命，人生如戏、造化弄人，今日便不赘述。告辞！"言罢起身就走。

晚生一把拉住他："先生聪明才智、颖悟绝伦，想必还有鲜为人知的事，今日何不一并道出？"

他猛然抽身，正色道："浮生若梦，为欢几何？公子何苦自扰？"

"敢问先生大名？"我追问。

"萍水相逢，不过他乡之客。公子日后前程似锦，大有可为。如此小事，何必过心？"

须臾，他又突然低声道："公子若真想知后事如何，三日后酉时在会仙楼后等我。"

事到如今，结果为何，晚生已猜到八分。我叹这唐慈仁当年是少年不识愁滋味，为赋新词强说愁。想他而今识尽愁滋味，多少事，欲说还休。

古今如梦，何曾梦觉？

三日后酉时，晚生在会仙楼后再见此人。他见我后长叹一声："寂寥人事屏，还得隐墙东。"

晚生顿觉困惑，于是便问他程大人归国后如何。此人言道："程叔清归国后，侍于贵戚景大人府中。程叔清苦学为官之道、通晓宦海沉浮，深得景大人信任。正值满朝文武无人可用，而陛下复仇心切，程叔清，无名之辈短短八年竟坐上了兵部侍郎高位，掌武事。"

程叔清归国的十一年中，宋帝勠力练兵，励精图治。果真是江东子弟多才俊，卷土重来未可知。而自辽君继位起，先王景宗诸公子相争不休。九五之尊，趋之若鹜，谁管生灵涂炭？十五年，结党营私、兄弟相残、反目成仇、血流成河。十五年，东征高丽，西征大夏，孤家寡人，国库空虚。

同年末，陛下看准时机，命兵部侍郎程大人率军伐辽。

边头何惨惨，已葬霍将军。

部曲皆相吊，燕南代北闻。

功勋多被黜，兵马亦寻分。

更遣黄龙戍，唯当哭塞云。

辽将萧挞凛死。辽人不堪一击，却又心有不甘，战事反复，生灵涂炭。

而后辽人为求自保，遣使谈和，愿与宋兄弟相称，通商互使。谁料程大人却说，通商互使皆可，不过还要再得一人，便可休兵。辽宗大喜，忙问，此人是何人？

"唐慈仁。"

不错。辽宗听罢喜出望外，唐慈仁并非朝廷栋梁，更尽不了肱股之力。若能以区区一人保他社稷江山，弃卒保车，又有何不可？至此，便速派亲兵往唐府押唐慈仁入宋，以示诚意。

唐慈仁接旨，一时不知如何是好。只有片刻收拾，却日长如岁。日透窗棂，书案上还有没写完的诗，总以为来日方长。曾经怎么说的？人生自古谁无死，应杀身成仁，以全名节，宁为玉碎不为瓦全。如今与蝼蚁无异，舍生也不能取义。荆轲刺秦，也还有易水萧萧西风冷，满座衣冠似雪。正壮士、悲歌未彻。囚笼之内，何谈青史字不泯？

生死中年两不堪，生非容易死非甘。

唐慈仁一步步走向囚车。总想着千年史册耻无名，一片丹心报天子。了却君王天下事，若是以一人身家性命可换君王一世英名、社稷安稳，也罢。圣意，不可违！瞻望反侧，不胜犬马恋主之情。

囚车慢慢移动，渐行渐远。

孔雀东南飞，也曾五里一徘徊。囚笼太小，唐慈仁努力回头想再看一遍京城的街衢巷陌。辽、宋万民，饱受战乱之苦，谁不愿按甲休兵？若得享太平盛世，一人荣辱得失，不过九牛亡一毛。

惊问近来多少华发？

囚车行了许久才到澶州宋营，而程大人率众将及随从若干亲自远迎。程大人雄姿英发，玉树临风，想哪怕周郎在世，恐不及一半。

"唐公子，没想到你我二人还有久别重逢之日。"

"程大人，唐某可是大限已到？"

"哈哈哈哈……想当年我困于你府中，只恨求死不能、非要苟且偷生，每日想的不过是报仇雪恨，收复失地。我恨！若不是你故作慈悲，大可一杯毒酒、一柄利刃，一了百了。可我又想，拜你不杀之恩，若是断然求死，何来今日之位？想必我将死不瞑目。唐公子若以天下苍生为己任，不如屈尊来此饲马，如何？"

……那人说到此处，似是哽咽，却又忍气吞声，或是欲哭无泪。此时的东京开封城内车水马龙，酒楼林立，灯火照天，十里长街摩肩接踵，他回头凝望，低声道："往事已成空，还如一梦中。"

晚生听到此，满怀凄怆，此人所言之事，已炳若观火。"人不可貌相，看先生奴仆打扮，若非亲身经历，如何得知这般密事？"

"以前读史，兴亡盛衰风风雨雨，如听戏一般。而今鬓已星星，方知自己也是戏中人。"

"再过十日，小人要随程大人北上景州，黄金台下客，应是不归来。若是终已不得舒愤懑以晓左右，则长逝者魂魄私恨无穷。"

"不如意事常八九，可与人言无一二。小人今日得直抒胸臆，在此叩首。"

苏先生，唐慈仁所言令晚生坐立难安。再问读圣贤书，所学何事？念名利，憔悴长萦绊，只愿还能轻狂磊落，纵驰不羁。

我本渔樵孟诸野，一生自是悠悠者。乍可狂歌草泽中，宁堪作吏风尘下？

只怕梦想旧山安在哉，为衔君命且迟回。

再过五日就是重阳，晚生思乡情怯，故决定即日启程还乡。礼数不周之处，万望恕罪。苏先生誉满天下，晚生他日若再入东京，必备重礼，登门拜访。

敬颂教祺
谨再拜

辑二

江月何年初照人

大将军，剑入心脏三寸就能取人性命，而你剑有三尺。与其万箭穿心，不如让我亲眼看着你刺死我。所谓道不同不相为谋，今日决裂阡陌，只当是我二十年看错了人。

人世几回伤往事，想来不过是冯唐易老、李广难封。

归去来兮

"罪臣萧明哲，谎报军功，贪他人血汗之劳。得圣恩浩荡，居将军之职却欺上瞒下，有违军纪，罪不可赦，特押解回京听候惩处。"

昨夜寒蛩不住鸣，惊回千里梦，已三更。

二十年来，一纸诏书，言犹在耳。先君要治我虚报敌首之罪，可是我萧家世代从军，满门忠义，愿报国家，身先士卒，马革裹尸还。我又怎么会谎报军功？莫须有的罪名，押解回京。一封朝奏九重天，夕贬潮阳路八千。奇耻大辱！我萧明哲从来不曾败于他人之手，楚将成得臣不应该是我的前车之鉴。

若不是解差大意，若不是朝廷当时还未发下海捕公文，若不是江南水乡远离战火，天高皇帝远，我怕是不得不自刎于皇城之下。

当年万里觅封侯，匹马戍梁州。关河梦断何处？

如今新君方立，天下不定。夷狄乘虚侵我北疆，兵行诡道，一时无人能敌。百姓何辜，上天子民，竟为他人虏。老将军血染沙场，恐慌不止。新君年轻气盛，血气方刚，意欲一举收复失地。但满朝文武，无人能用。

胡未灭，鬓先秋，泪空流！

年逾不惑，空有心在天山，报国无门。

追往事，叹今吾。正所谓大隐隐于市，我开了个酒肆，平日里生意清冷，不过些许结余，雇了个伙计。万字平戎策，换东家种树书。翻开《论语》，满眼却是金戈铁马。我忽听阵阵急促的敲门声。

"老爷！"

"走开。"

"老爷！"

"怎么回事？"

"老爷！店里来了很多兵老爷，看着官位颇高。他们指明要老爷您亲自下来伺候，小的也没有办法，还劳烦您露个脸！"

官兵？此地穷乡僻壤，并非朝廷重镇，更不是什么兵家要冲，哪来的那么多官兵？想是我二十年躲不过一纸公文。新君继位，朝廷依旧没有忘记我。

罢了，困兽之斗，不如束手。

"来了。"

心如死灰，我慢慢走下楼梯，听到官兵们的嬉笑喧闹声。

我见一人背对我而坐，白袍银铠，左右重将护卫，想必官阶最高。如果要抓我，该是他下令。

我俯首向他走过去。

"客官？"

他听见我叫他，转过头看我，不禁大惊。

师弟？

我恨人心不如水，等闲平地起波澜。

翁鸿永。我二人师出一门，十年同窗，情深义重。翁家在朝中无人，可惜他良驹在世，难寻伯乐。我不忍他空有一身本领却无用武之地，特举荐他，做了我的副将。我二人也曾南征北讨，转战千里，出生入死。不过自我逃到这偏乡僻壤，二人音信断绝。

二十年。

"师弟你可还认得为兄？"我看你神采奕奕，气宇轩昂，想这二十年，你必定是官运亨通，飞黄腾达。

物是人非事事休，欲语泪先流。

我吩咐伙计给众将盛上美酒，后请你陋室一叙，屏退众人。

二十年了，你可好？仕途可是平坦？现在在哪里做官？统领多少兵马？家里还好吗？你现在往哪里行军？后来可还回拜过师父？现在北疆战事如何？我求你赶紧告诉我。

你就这么盯着我看，仿佛要验明正身。良久，你告诉我，二十年前，我被解差押走之后，你们还打了几次小胜仗，但是不久朝廷便传旨收兵了，从此胡人遁走，北疆无战事。后来南蛮叛乱，搅扰地方，承蒙天恩浩荡，先皇慧眼，你被破格提拔为镇南大将军，领兵二十万平叛。后来便一直在南疆，很少再回京师。你还说，愿效仿先贤夏禹，三过师门而不入。现在胡人不知从何处卷土重来，狼烟骤起，北方战事吃紧，朝廷正是用人之际，于是陛下一道圣旨，调你回京，率兵收复失地，而今正是在返京途中。

若此言当真，那岂不是我东山再起大展宏图之机？将门虎子，怎可如此蹉跎？我不禁欣喜若狂，问你："既然如此，我何不如与你同往？也可为你出谋划策！"

你我师出同门，我本以为你会毫不犹豫地同意，但是你却迟疑了，说："可是你戴罪之身，岂不是多有不便？"

无妨！管仲生不逢时，三仕三见逐于君，公子纠败，召忽为公子纠死，管仲幽囚受辱，鲍叔牙却不认为他不肖。修小节而耻功名不显于天下。跟管仲相比，我虽备受沉冤，但这又算得了什么呢？

"说得好！男儿生世间，哪个不愿封狼居胥，及壮封侯！"不过，"话虽如此，你毕竟是通缉要犯。若是被人认出，不仅给自己带来杀身之祸，也给我招来罪状。朝廷人心难测，师兄自当应当小心为上。不若如此：师兄在我帐下先委屈做个无名军师，等战胜立功，我自会上报朝廷，美言几句，师兄到时功过相抵，再立军功，光宗耀祖，岂不妙哉？"

也罢，也罢。

盖西伯拘而演《周易》；仲尼厄而作《春秋》；屈原放逐，乃赋《离骚》；左丘失明，厥有《国语》；孙子膑脚，《兵法》修列；不韦迁蜀，世传《吕览》。

马思边草拳毛动，雕眄青云睡眼开。

嘉鹊城，北方重镇，依荀河而建。蛮夷南下，必借此城运输兵马粮草。我若据此城，必能断敌后路，到时再与虢城守军前后夹击，想来能歼灭这一路敌军。嘉鹊城易守难攻，若是围城，攻之不拔，连战，士卒疲，更处于不利之地。我想，夷狄不通水性，而我军生于江南，况且嘉鹊城又处于低洼之处，不如我率军夜凿荀河，引入城中。

依我之计，月余，城溃，擒其帅，杀之。

我为国竭忠贞，苦处曾征战，先望立功勋，后见君王面。不过，你始终没有上书圣上，你也没有面圣。若是你上书了，这么大的喜讯，圣上不会不懂，不会不见我。圣上不会不知，虽雨露之恩，幽遐必被，而犬马之恋，亲近为荣。

你多次强调我不要单独行动，千万不要自己上书。于是有一天晚上我单独截住你，问为什么一封书信一拖再拖。你仿佛被问住了，在室内踱步再三，不愿意告诉我。但你可知此事非同小可？这事关我的沉冤，我的仕途，还有我萧家的清誉。于是你将案几上一杯酒端起来一饮而尽，然后告诉我："当年萧家势大，权倾朝野，丞相早就怕自己乌纱帽不保，于是多年一直在暗中结党营私，向先皇进谗言，说你便是王莽第二，然后又派亲信伪造了你与淮阳王串通的书信，再假作从你家中搜出。圣上早就怀疑淮阳王谋反，此次更是有多名大夫一起上书弹劾。三人成虎，先皇英明，但是又怎能不起疑心？铁证如山，那自然要治你的罪，也要治你萧家的罪。"

"你父与丞相结拜为兄弟，你早早视丞相为父，我又怎么敢告诉你？我还怕你怪罪我小人之心，挑拨离间。如今丞相势大，我若是早早将这事情告诉你了，你定然怒发冲冠，上书起奏陛下。你说你如今戴罪之身，亡命之徒，新君方立，是信你还是信先帝托孤的老丞相？"

果然是李蔡为人在下中，却是封侯者！

周公恐惧流言日，王莽谦恭未篡时。向使当初身便死，一生真伪复谁知？

道貌岸然，我如之奈何？

后与鲁城守军会师，前后夹击，败敌军于东陵城。以寡敌众，俘敌将二十人，获马百匹，兵器不计其数。是夜，你大张筵席，文武重将，锦衣银甲，奏德胜之乐，轮换行酒。我饮不须劝，正怕酒樽空。至深夜，你不胜酒力，命撤席，众将辞出。

酒席上，微醉。我看着副将常名心不在焉，一脸有苦难言的神色。于是待众人大多走净了，我走过去问他为何郁郁寡欢。他看着我，小声说："军师，我们向来敬您是个读书人，学识渊博，运筹帷幄，所以下命令我们没有一次不听，但是……"他欲言又止，见四下无人，压低声音说，"但是人在屋檐下，不得不低头。我为求自保，也是身不由己。"

我听得满头雾水。"你说你怕敌军攻城？"

"不是！"

"谁能逼迫你干什么？你可是带兵的将军！"

"我……"

"你倒是说话啊？有什么心腹事你可以直言告我。"

"先生！别问了！总之，您以后千万别怪我。"

回府之后，我反复思量常副将那一番话，却百思不得其解。常名多次向我请教干戈戎马，敬我如兄，想来不会害我。可是他一贯心直口快，从未见他这般吞吞吐吐，闪烁其词。我知道常名跟着师弟多年，想必也是心腹之人了，哪有人敢要挟他？

莫不是？

不！断不可能！

想来头疼，我遂命人泡茶来解酒。就在此时，听人说常副将求见。

"常副将来得正是时候！我刚刚命人泡了茶，想必片刻就好。"

"先生！"常名见我，泪流满面，突然跪下，"求先生不要再耽搁了，趁此夜色，速离此地！"

"常副将又何须跪我？快快请起！有什么事情进去慢慢道来！"

"常某是个粗人，但也深明大义，不忍良心煎熬，不忍奸人当道。我也知若没有先生的运筹帷幄，翁将军定不能决胜千里之外。收复失地，依仗您一人之谋。可是大将军小人之心，早早看中了您手中的《断魂岭行军图》，想据为己有，先生若是不给，便要置您于死地。还请您速速离开！"

"这种事情，你怎么会知道？"

"常某追随大将军多年，是大将军心腹。他那日在酒肆里见到您之后私下对我说的。"

"不可能！你可知我手里根本就没什么行军图？"

"小将不知，但是大将军说得真切，不会有假！先生您宁可信其有，不可信其无啊！"

"你个小人！你可知我二人师出同门，亲如兄弟。你在这里惺惺作态，挑拨离间，简直妄想！算我看错你了，你走吧！"

"军师！常某此来，若是被大将军发现，项上人头不保！您为何如此执迷不悟，不听我一言？"

"出去！"

骨肉能几人，年大自疏隔。可你我二人，十年同窗，如手如足，休戚与共。夜雨对床，我确实曾告诉过你萧家传有一张《断魂岭行军图》，此图萧家先人用命换得。若无此图，断魂岭地势崎岖，易守难攻，纵有千军万马不能过。除了你之外，无人知晓此事。可是我告诉过你，此图如今不知道藏在何处，想必是失传了。可是此事刚过，圣上突然下旨要治罪与我，莫非果真是你因为此图罗织罪名？你我曾长年戍守边疆，朝中之事，丞相如何老奸巨猾，你又怎么会如此明晰？

塞上风雨思，城中兄弟情。你我兄弟一场，我想你不会为了一张失传的地图害我。可你为什么至今不让我面圣？你可是怕我讲出当年冤狱，新君看出你心怀叵测，笑里藏刀？

万年长醉万年梦，一朝酒醒事事空。

踱步到天明，想来心如刀绞，意似油煎：二十年蹉跎，只因一言。我叹范蠡何智哉？既明且哲，以保其身，夙夜匪懈，以事一人。敌国不灭，谋臣也亡。与其飞蛾扑火，不如虮处裈中。自当效仿范蠡张良，安心做个凡夫俗子。

我简单收拾了行囊，匆匆拜别府上众人。

归休去，去休归，不成人总要封侯？浮云去处元无定，得似浮云也自由。

打开大门，可你已率军将府上围得水泄不通。

"师兄，你是要上哪里去？"

"鸿永……"

"师兄，你疆场风光，却不知人情似纸张张薄。丞相想扳倒萧家不假，我也不是对你没有嫉妒之心。你我师出一门，你何德何能处处优于我？你还故作慈悲，虚情假意提拔我，不就是做个人情，要我感恩戴德？我不要你提携，我不甘久居人下！而你居然还说你家有我闻所未闻的《行军图》？我恨！所以我与丞相自然一拍即合。"

"果真是你！鸿永，你当真忘了十年同窗情谊！你是心如铁石，想让为兄身败名裂，再无力翻身？"

"你少来跟我讲同窗情谊！我本以为既然二十年了，你肯定早就死了。谁知道这次天赐我功名，你却乍然惊现。于是我就把我的计谋告诉了常名，我深知常名心慈手软，又跟你亲近，有朝一日会忍不住告诉你。我昨夜没有喝醉，只不过给常名一个机会把这件事情说与你听，进而逼你出来，我早就等不及了！而常名果然没有让我失望。"

言罢，他命手下从匣中取来常副将的首级。

"怎么，不想世事如棋，人心难知么？交出《行军图》，不然你同等下场。"

无端狂笑无端哭，纵有欢肠已似冰。我命若鸿毛，只可惜常副将耿直忠义，良善为人，而今却落得如此下场：身首异处，死不瞑目！

"师弟，《行军图》真的失传了。为兄从来没见过。你我师出同门，我学过的，你都知道。"

你传令众军张弓搭箭。想来我今日不能垂死挣扎，不能背水一战。置之死地，不能后生。

罢了！我解下佩剑，掷于地上。

大将军，剑入心脏三寸就能取人性命，而你剑有三尺。与其万箭穿心，不如让我亲眼看着你刺死我。所谓道不同不相为谋，今日决裂阡陌，只当是我二十年看错了人。

人世几回伤往事，想来不过是冯唐易老、李广难封。

虚负凌云万丈才，一生襟抱未曾开。

归去来兮！

我想，只要我一息尚存，而相国之位未定，齐公必定
会前来询问我如何补缺。

夜深，门口小吏来报，大王已在门前下轿。

满朝文武，何人可用？只有你。

少年游

相识满天下，知心能几人？

我已风烛残年，病入膏肓，自知朝不保夕，来日无多。我想，只要我一息尚存，而相国之位未定，齐公必定会前来询问我如何补缺。

夜深，门口小吏来报，大王已在门前下轿。

满朝文武，何人可用？只有你。

想襄公末年，君王自大，以为轻诺一句"及瓜而代"便能让人一辈子忠心耿耿驻守边疆。身在苦寒之地，有家不能回，姊妹在宫中，高墙深院，不得恩宠，怎能不心生怨言？

皇亲国戚，嫡庶并行，礼仪尊卑，毫无君臣之分。公孙无知，谋作乱。侍从一片忠心，血肉之躯换不了齐公一条生路。

公孙无知自立为王。

你我皆知公孙无知暴虐无道，齐国不久定会大乱。朝堂之上人人二心，各自投靠他人。我自认公子纠天资聪颖，若得良臣辅佐，日后可成明君，便追随他投奔鲁国。我知道你看不上公子纠，定会辅助他人。日后一旦公孙无知倒台，你我二人为了这王位必定有一场恶战。以我之才，下次见你，必是公子纠回齐国称王称霸时，只可惜到那时你必已做了阶下之囚。

我也曾与你做买卖，分财利多自与，你不以我为贪，知我贫也。我也曾为你谋事而更落魄，你不以我为愚，知时有利不利也。

知我者如你——鲍兄，对不起了。

雍廪杀了无知。我知道，先入城者得皇位。料你得知了公孙无知的死讯后必定会快马加鞭赶回，更何况，莒国归齐路途更短，而离皇位也更近。为报公子纠，归齐路上，我马不停蹄，先行一步，半路截你们。几句试探，看得出公子小白执意回国。事已至此，我不得不出此下策。

张弓搭箭，我却手抖得厉害。我知道这一箭射出，公子小白必死。你虽是良臣，但也回天乏术，更有甚者性命不保。我曾三仕三见逐于君，你不以我为不肖，知我不遭时也。我曾三战三走，你不以我为怯，知我有老母也。

罢了！用不上的治世之臣，不如没有。

为人臣者，鲍兄，我很遗憾。

只可惜机关算尽却没算到我箭术不精。身为败军之将，不可以言勇。齐小白自莒先入，齐鲁战于乾时，鲁师败绩，朝野震动。你一句"子纠，亲也，请君讨之"便是判词。我也知道亡国之大夫，本不可以图存。我束缚在鲁，幽囚受辱。若非你救我性命，我必做异域之鬼。你不以我为无耻，反教我不羞小节而耻名不显于天下。

我叹清润玉箫闲久，知音稀有。你恩深似海，义重如山，我糜躯粉骨，无以为报。不如遂你平生所愿，尽忠竭节，助齐公一臂之力，安邦定国，终成大事。

故而东夷、西戎、南蛮、北狄、中诸侯国，莫不宾服。与诸侯饰牲为载书，以誓要于上下荐神。然后率天下定周室，大朝诸侯于阳谷。故兵车之会六，乘车之会三，九合诸侯，一匡天下。甲不解垒，兵不解翳，弢无弓，服无矢，寝武事，行文道，以朝天子。

齐公威而有恩，宽宏而有大略，善用能人。我官拜相国，宾客盈门。我看了太多人卑躬屈膝，曲意逢迎，假意伏低做小。可众人看中的不过是我仕途通显，想结交豪贵。世人翻手为云覆手为雨，纷纷轻薄何须数。再不见你我少年贫时交，只因此道今人弃如土。

你曾命我不忘束缚在鲁，保社稷不危。但知我如你，我又岂敢忘君子？

只可惜他生未卜此生休，过不了几日我就身埋泉下泥销骨了，鲍兄！

"大王……"

"仲父病着，切莫起身！"

"不知大王深夜此来，所为何事？"

"仲父的病已经很重了，不避讳地说，一旦病危不起，我不知道能把国事托付给谁。仲父觉得鲍叔牙怎么样？"

"不可以！"

"不可以？"

"鲍叔牙为人，算得上是清正廉洁的好人。他对于不如自己的人从不亲近，而且一听到别人的过错，绝不忘记。让他治理国家，对上约束国君，对下忤逆百姓。"

"一旦得罪国君，便不会长久了。"

人生如逆旅，我亦是行人。

师父，久违了。

浮生一梦

"今夜大雪封山，你又是怎么找到我这里来的？"

"在下孟景云，受家父之托，虽是大雪封山，但不敢有误。家父有令，命在下拜明溪山看松人为师，故而日夜飞奔、深夜到访，还望先生……"

"还望我怎么样？收你为徒？尔父清和大人想得倒是挺好，你假惺惺拜我为师还不是为求自保？"

"在下久慕先生大名，本当依礼拜见。怎奈何今日只能在先生面前做这秦庭之哭！我求先生今日救我于火海之中！如此大恩，日后自当结草衔环，作犬马之报！"

"唉……"

"进来喝茶吧。"

十年前，我拜明溪山看松人为师，确实是因为明溪山地势崎岖，深山老林与世隔绝，不会有人追过来。再者，我被迫离京那夜，家父说他与看松人曾是生死之交，孟家遭此劫难，看松人不会袖手旁观、见死不救。

"景云，你可知道你孟家如今怎么样了？"

"在下怎会不知？来明溪山的路上，路过几个小镇，众口纷纷道朝堂之上，众臣群起攻之，家父有口难言，饮鸩自尽，随后孟家被夷三族。我孟家在京城也不算是什么显赫大家，家父也不是朝中重臣。我虽然从未听家父讲过宦海沉浮，可我眼见的是家父忠君爱国、公正廉明，对族里一众人等也是彬彬有礼、平易近人！若不是家父与城门校尉私交甚好，校尉深夜开了城门，我难以苟活，孟家便是祭祀断绝。"

"若是如此，你可知何人要害你孟家？又为何害你孟家？"

"在下不知，但想来人心叵测，尔虞我诈，莫须有的罪名来得多容易？"

"不是。朝堂之上人人结党，令尊与众人不和久矣，太常都能落井下石。那你现在想要如何？"

"此仇不报，枉为人臣，愧为人子！有道是为臣死忠，为子死孝，死又何妨？可是孟家无辜，沉冤不能不雪。"

"绝对不行！"

"为什么？"

在明溪山一待便是十年。想来书如药也，却不能医我愚。书里写的，都是"以是为非，以非为是"，字里行间，血迹斑斑。隐姓埋名，可日思夜想，还是报仇雪恨。可不知为何，每当我与师父聊起此事，他总是嗤之以鼻、不以为然。他总是说时机不到，我学艺不精，不能飞蛾扑火。我知他与家父政见不同，但若是他真与家父生死之交，理应比我还急切才对。亦或是闲云野鹤散漫久了，不愿再理朝政？

家祭之日，我拜别师父，独自下山。

再入京城，物是人非。我做了京兆尹庄鹰扬大人的幕僚，因为庄大人还记得当年孟家一案。庄大人说跟家父也曾私交甚深，孟家受新党诬陷，可新党势大，为保全大局，他也无可奈何。他答应我若是事成，定还我孟家清白。我也不是不知道，庄大人并不是善人。他料定我跟他是一荣俱荣，一损俱损，故而不义之事总是让我来做，他倒是撇得一干二净。但师父曾说朝堂之上人人结党，一丘之貉，众人不仁，怪不得我不义。

一日夜里，大人秘密诏我入府。他命我持他的书信一封、玉佩一件为信物，去颍州联络他的旧部，于正月五日起兵，十五日上元节直逼京城，配合他在京中的动作。他说，上元节是上古佳节，万国来朝，绵亘数里，列戏为戏场；通宵达旦，家家户户张灯结彩、把酒言欢，根本不会有人料到京城有变。

我深知蛟龙若是一日得云雨，定非池中物。可这等要紧事，岂敢儿戏？

"庄大人，颍州虽有精甲两万，可毕竟是千里奔袭，必定人困马乏。京城有高城深池，固若金汤，易守难攻。在下不敢保证能克此城。"

"我当然知道，我也没指望全凭你一己之力能干得了此事。颍州虽远，却是我能调动的最近的一个。我已派人去其他各郡县传令，皇城禁宫卫尉也是我衍之党的人，等你一起兵，众人必当纷纷响应。到时候陛下他四面楚歌，新党根本无力回天。"

"不过你起兵之日，便是我等与新党彻底撕破脸之时。新党闻得消息，必会想尽办法阻拦你。其他人我倒是不担心，但是想来济安城的守将庄时维会是块硬骨头。我熟悉他的水平和心性，所以我对你还是有信心的。他是新党的重要棋子，虽然他会率兵阻拦你，但是你务必要扳倒他。"

我拿着庄大人的书信和玉佩，正月五日从颖州起兵，并未遇到多大阻碍，十日到达济安城下。济安城守将庄时维果然在城下列兵围堵。只不过，众军举的是"霍"字大旗，想来这个庄时维是不敢亲自出战。

两军对垒，我精兵强将，锐气正盛，不可能输。

敌将倒也大胆，单骑就敢走到阵前。乌合之众，死到临头还能有什么话讲？我大可会会他。

居然是你？

居然是您？

你曾说世事一场大梦，人生几度秋凉，一点不错。

"师父，小徒万万没想到今日你我兵戎相见。不过师父既知我心，还请师父成全小徒，不要横加阻拦。"

"荒唐！我知你心，可你心不过是痴心妄想！"

"师父何出此言？"

"你还真以为尔父清和两袖清风，廉洁公正？还丛兰欲秀，秋风败之？笑话！孟家多行不义，党邪陷正，张机设阱，人神共愤。处置孟家，实为民除害！怎么，尔父清和就没跟你讲过？"

"一派胡言！家父不是那种人！再者，师父若真是有此心，怎么十年前不将我扭送官府？何苦今日在这里信口开河？"

"尔父当年薄恩，我不能忘。更何况恻隐之心，人皆有之，我不杀丧家之犬。我与清和割袍断义之后，看清了人心不古，我誓不为官，但是我容不得你做出此等黑白颠倒，是非不分的事情。"

不用说了！

"你而今为人鹰犬，替主子卖命。火中取栗，不过为人作嫁。而我与庄时维推心置腹、君子之交。所谓今生知己恐难寻，桃园之外几多存。此番你来势汹汹不可挡，我自当救庄时维一命。舍生取义，又有何难？"

想来用兵之道，果真是攻心为上，攻城为下，心战为上，兵战为下。

精甲两万，不可能攻不下区区一座济安城。我心软了，十年师徒情谊，不若鸿毛。我胜了兵战，败了心战。

我放走了师父。

新党与衍之党争斗已久。新党看不惯朝堂之上举荐人才全凭一心好恶，看不惯衍之党一众武将仗着兵权徇私舞弊，中饱私囊，比居同势。这么多年，宋衍之大人虽是太尉，位列三公，但已经垂垂老矣，故而新党逐渐占了上风，三公九卿，多半是他们的人。

庄大人深谋远虑，面面俱到，谋无遗策，而我却是他最大的破绽。按照庄大人的安排，正月十五我到了皇城脚下。攻城三日，不克。庄大人说的援军，最终还是没有来。众将各个两派手法，都学会了见人说人话，见鬼说鬼话：见大人面忠心耿耿，背地里又与门客讲衍之党如何多行不义，自己如何被逼无奈。说到起兵，拿身家性命做赌注，众人再也装不出忠心，演不了赤诚。衍之党众将说新党总是诡辩以中伤人，说什么"当今举秀才，不知书；举孝廉，父别居"不过是一派胡言，恶意中伤。但衍之党怎么又不是败在"高第良将怯如鸡"？我起兵颍州，不过衍之党困兽之斗，垂死挣扎，反而给了新党弹劾的把柄。庄大人率领一众亲信，想要逼宫，不成，惠王领兵赶来救驾，禁宫内血战一场，庄大人战败，血溅当场。

世事到头不过螳螂捕蝉。

君王一句"不忍刑杀，流之远方"，我被判流放岭南象郡做劳役。悲歌可以当泣，远望可以当归。岭南蛮荒，百越之地，山高水长，回不去京城，也回不去明溪山了。当年共我赏花人，如今检点无一半。多少远谪的文人骚客，郁郁累累，欲归家无人，欲渡河无船。更何况，景云我家破人亡，无家可归。

一日在矿场，听到些闲言碎语。

"你听说了没有，皇上新换了一个大人来我们象郡？"

"听说这个大人啊，之前好歹也是个在中原做官的大人，怎么被搞到我们这种蛮荒地来了？"

"我听说啊，他之前在小地方，这次还算是高升了。"

……

听监工讲，这位新来的大人十日之后就要上任，届时也会来矿场视察一番，我们要好好表现，不能丢他的面子。

这位大人来视察的这天，正值炎炎日正午，所谓灼灼火俱燃一点都不为过。新官上任，春风得意，排场甚大，不过象郡这样的边陲小城，难得圣上垂青，所谓升迁，不过是另一种的贬谪罢了。

所有劳役齐齐跪下，莫敢仰视。听这位大人讲了许久，我不觉头晕目眩，故而抬起头来，斗胆看看这位大人是何等模样。

——夜深忽梦少年事，唯梦闲人不梦君。

想你当年，羡慕的也是"闲倚胡床，庾公楼外峰千朵，与谁同坐？明月清风我"。想你当年，视死如归，保了新党最重要的一枚棋子。仁义之心，也不过是个工具，被人利用。所谓新党人人高风亮节，知恩图报，加官进爵，封妻荫子，不过如此。

人生如逆旅，我亦是行人。

师父，久违了。

我想，诸侯们跪于帐中不是对你权势的畏惧，而是对你霸王气概的敬佩。

我笑，这跨越千年的第一次相见，看到的竟是你如此英武的一面，感叹你不愧为万人敌。

目光因你而停留

打开厚重的《史记》，目光随着游动的鼠标而停留在《项羽本纪》几个赫然醒目的大字上，顿时，容下霸王尸骸的浩淼乌江，浸润霸王鲜血的深沉大地，闪耀霸王宝刀寒光的漆黑深夜，一一展现在我的眼前。

你，这个令山河为之震撼的人，竟在书本中躲藏了千年。

初 见

目光被你拽着缓慢地逐字逐句向右移动，又因你而停下。

公元前二〇七年，那个曾经纵横天下，扫平六国的秦皇已经不复存在，只留下幼子、奸佞、和指鹿为马的人。你是楚人，怀着"楚虽三户，亡秦必楚"的信念，秦军虽有三十万之众，又怎是你的敌手？

那一仗，赢得酣畅淋漓。

我想，诸侯们跪于帐中不是对你权势的畏惧，而是对你霸王气概的敬佩。

我笑，这跨越千年的第一次相见，看到的竟是你如此英武的一面，感叹你不愧为万人敌。

又 见

目光再次停下时，惊异竟是一番完全不同的境况。

那夜，皓月当空，群星渐隐，你帐中独酌，虞姬起舞，人面黄花。相顾无言，惟有泪千行。自起义至今，已有多少年月？

春花秋月何时了，往事知多少？月满西楼时，曾经的破釜沉舟，曾经的攻无不克战无不胜，曾经的鸿门宴饮，曾经的火烧阿房……都一一浮现眼前。生离死别，腥风血雨的战场从未让你畏惧，历经多少大风大浪，你怎么甘心搁浅在小河之中。

花自飘零水自流，琥珀般的月，能否承载你的愁绪？

四面楚歌。

强忍住欲要滴落在酒杯中的泪水。

你知道，明日一战，凶多吉少。

虞姬望着那曾令无数人畏惧的长刃，在一句"妾与王黄泉共舞"中迸出了一道血光。

你，只得将熔岩般滚烫的呼喊压抑在咽喉中，欲哭无泪。

跨上乌骓宝马，率领三百骑兵突围而去，奈何寡不敌众，三百骑兵到了乌江边只剩二十八骑。亭长驾一扁舟在江边等候，渡江之后，东吴之地还可以助你东山再起。

可你知道，你身后，早已是满目疮痍。

此时此刻，我坚信，为了天下苍生，你不会渡江。

果然，你想到当年江东八百子弟随你出征，如今几乎无人生还，惨不忍睹，即便能独驾扁舟，一日千里，你也不可能与长天共渺了，于是你谢绝了亭长，仰天长叹："想当年，破釜沉舟，屠咸阳城，焚阿房宫，杀秦王子婴，如入无人之境，如今却是这般下场！"

"得项羽首级者，赏千金，封万户侯！"远处，传来刘邦们得意的呼叫声。

在刘邦浩荡的军队中，你看到了自己曾经的部下。

你将乌骓宝马托与亭长，自己向浩渺的乌江走去。

那一年，公元前202年。

再 见

流水落花春去也，天上人间。

"至今思项羽，不肯过江东。"我的目光依旧停留在这里，不肯翻越去那江东。

别了！隔着遥遥的时空之距凝视这个令我的目光为之停留的人——霸王项羽。斯人虽逝，精神永存。

"今次杀金人，直捣黄龙府，当与诸君痛饮！"
金牌十二道，北望帝京，狡兔依然在，良犬却先烹！

北　望

区区一桧有何能？逢其欲。

金牌一道，鸣金收兵。
金牌二道，偏安一隅。
金牌三道，佞臣当权。

想我弱冠之年，投笔从戎，还不是佞臣无能而兵败如山，无人收拾残局。区区百骑，却要我平定相州贼寇陶俊、贾进作乱。幸不辱命，伏兵之计得生擒二贼。不过三年，金军渡河南下，直逼开封城。李纲奉命死守东京城，我本以为精兵良将，开封城固若金汤，哪曾料中兴诸将谁降虏，负国奸臣主议和？

割三镇。

尽忠报国，不过哀生民之多艰。愿能捐躯赴国难，视死忽如归。

后来我曹州一战，直捣敌营，奔袭千里，旗开得胜。谁料黄潜善竟能废宗泽之位，按兵不动。老将军不得不孤军奋战，张空拳，冒白刃，北向争死敌。一片丹心却被视如粪土。

靖康奇耻，夷狄血洗汴梁城。忠义良臣，惨死蛮荒；百姓何辜，不过刀下冤魂；堂堂华夏，竟成了蛮夷笑柄，国破焉有山河在？

新君即位，轻信黄潜善、汪伯彦之辈。你可知此二人不能承圣意恢复，迁都之策，实难系中原之望。我衷心直谏，却换得你一句"小臣越职，非所宜言"。冷嘲热讽，心如刀绞。

我同年北上，效命于张所将军麾下，愿尽犬马之劳，可你的满朝文武，无人敢战。将军冲锋陷阵，置生死于度外，一句谗言便发配岭南，死于贬途。我孤军作战，多少将士血染沙场？

草菅人命。

本着四月金军撤退之时，老将军宗泽上书北伐，多少次慷慨陈情，愿马革裹尸还。奈何你心如铁石，老将军含恨辞世。是你命他杜充留守汴梁，可知他残忍好杀，短于谋略？金人攻陷长军，他第一个要弃城而逃。

中原地尺寸不可弃，今一举足，此地非我有，他日欲复取之，非捐数十万众不可得！

汴梁城破。

马家渡，杜充延误战机，主帅弃城而逃，诸将忠言义胆，死于阵中。

建康城破。

你带众亲信，海上避难。

金军追你三百里，烧杀抢掠临安城。我率军从宜兴奔常州，截住金军归途，一场血战，擒女真万户少主等十一人。我随后驻扎牛头山，数次交锋，金军死伤惨重，我仅率两千兵马进驻新城，乘胜追至靖安，终收复建康。

我收复六郡，平叛洞庭湖。家母病逝不能守丧，只因自古忠孝难两全，你命我在乱世做忠臣。两次北伐，中原有望收复。谁知张浚和秦桧从中梗阻，弃前议而不顾。淮西兵变，你却令我置身事外。朝堂之上，你无端责骂。

我该想到，自古忠臣帝主疑，全忠全义，不能全尸。

我数年戮力练兵，你却派秦桧与金国议和。你知不知夷狄不可信，和好不可恃？

金廷派诏谕使张通古、萧哲假意讲和。好一个大宋丞相，能跪在金人面前，废国号，岁岁纳贡。

你岂不念，中原蹙？

你岂不惜，徽钦辱？

千载休谈南渡错，我早应料到你自怕中原复，徽钦即返，你又何属？

我叹南渡君臣轻社稷，哀中原父老望旌旗。

然兀术兵变掌权，和谈不过一纸荒唐言。金军再次南下，兵临顺昌。我知道，你若不是担心再失疆土，有损天家威严，不会命我发兵。后金军受阻，兵事稍安，你立刻命我不可轻动，宜便班师。

我随后挥师北上，克蔡州，收颍昌，复陈州，攻西京河南府。十年连结河朔，一朝收复失地。我率军团团围住汴梁，兀术已然四面楚歌。我伏望此时朝廷增兵，攻克汴梁将易如反掌，只是数封奏折石沉大海。郾城之战，大败金兵。临颍县，杨再兴三百骑兵对兀术十二万精兵良将，杀敌两千，终寡不敌众而殒命小商河。

颍昌之战，我中原百姓，国家赤子，干戈戎马，无一人回顾！

人为血人，马为血马。

斩五千人，俘士卒二千、将官七十八，获马三千余匹。

"今次杀金人，直捣黄龙府，当与诸君痛饮！"

金牌十二道，北望帝京，狡兔依然在，良犬却先烹！

亡大宋江山！

罢了！

君要臣死。

"你要杀我？"

哀莫大于心死，我闭眼，潸然泪下。

人固有一死，既然是你，就动手吧。

悲兮乐兮

泉涸，鱼相与处于陆，相呴以湿，相濡以沫。

三尺之雪，白两鬓之发，如云兄，不若相忘于江湖。

我满腹经纶，但名落孙山郁郁不得志。那日从京城回来，夜深，本想客宿瑾州，还未进城便被一伙人拦住。他们长刀短棍，来势汹汹，看来为非作歹久矣。他们命我把玉佩取下，玉佩虽然是家父所赠，但我自知无拳无勇，不得不取。我随身银两不多，经不起搜刮。突然，一阵急促的马蹄声由远及近，只见你一身夜行装束，骑马飞奔而来。这伙打劫的匪徒见状便一把将我推到河里，然后扬长而去。

我不通水性，河水刺骨寒，想景瑜我今日葬身鱼腹无疑了。就在此时，见你折返回来，跳进河里，一把拉住我，迅速向岸边游去。

"救命之恩，无以为报。在下……"

"免了。公子在哪里下榻？我送你回去。"

"在下还有斗篷一件，公子不嫌弃的话，先穿着，别受了寒。"

"在下秦景瑜，家住平宁。敢问先生尊姓大名？何方人士？"

"鄙人姓何，名如云，现居宁王府上。"

宁王爷？宁王爷是深得先皇宠爱的侄子，当今圣上的堂兄。可据说他表面上兢兢业业，选贤任能，实际上意图谋逆，残害忠良，诛锄异己。他权倾朝野，天子年幼，束手无策。眼前这位"何如云"能做宁王爷的身边人，恐难为君子。

可惜。

你我坐下一叙，虽是一文一武竟然酒逢知己，格外投机。我敬你德才兼备，谨小慎微，温文尔雅，想来是名士之子；我敬你不分庙堂之高江湖之远，忧国忧民，心系天下；我敬你好不平事，愿惩恶扬善、除暴安良；我敬你周而不比，和而不同，泰而不骄；乐莫乐兮新相知，两碟菜，一角酒，相谈到天明。

"秦公子，在下公务在身，宁王爷还在等着我复命，恕不能奉陪。"

"萍水相逢，却一见如故。先人教诲：君子交有义，不比常相从。何兄，他日小弟若得机会，定当登门拜访。"

"别登门了。客栈一应事宜，我也已汇了钱钞，秦公子不用顾虑。留步吧。"

一别三年，音信杳然。我自知侯门深似海，鸿雁传书，寥寥几笔，也曾望眼欲穿。多希望你只是个寻常他乡客。

怕相思，已相思，我真荒唐！

那夜大雪，酣然入梦。梦里我独自寻江看景，原本晴空万里，走着走着阴风骤起，浪花丈高。我慌张之间正想转身离去，忽见一老翁独自垂钓江边，悠然自得。我心中疑惑，便上前询问为何逗留于此。不料他反问我："宦海沉浮，公子可愿顺风顺水，万事亨通？"

"老先生说笑了，读书人上报天子，下安黎民，匡扶社稷，有谁不愿意呢？"

"世事如潮，大浪来时，公子可愿随波逐流，同流合污？"

这一问，我不知如何回答。我当然愿意加官进爵，光宗耀祖。十年寒窗，我也想效仿先贤，刚正不阿，光明磊落。如今世道，鱼与熊掌不可得兼。若是举世皆浊，我怎能独清？他见我支支吾吾，便指向江心一处，只见河面浮出许多白骨。他说；"浮名浮利，虚苦劳神。江水势大，要吃人的。"我看得魂飞魄散，却突然惊醒——江涵雁影梅花瘦，雪飞云起，夜窗如昼，方知原来是南柯一梦。

忽听院外传来一阵急促敲门声，我起身开门。

"何兄？如此大雪，你怎么深夜突然到访？"

"秦公子，说来话长，先让我进去吧。"你还是夜行打扮，却面无血色。

你一进门便颓然坐下，这时我才看清楚，你腿上暗红一大片，想来是被利刃所伤。"何兄！这是怎么回事？你怎么变成这样了？"我心中一紧，赶紧去拿药。

"秦公子，你本是两耳不闻窗外事一心只读圣贤书之人，这种事情你还是不知道为好。"

"不！你一定要告诉我是谁，然后我要去告官，青天在上，看何人敢胡作非为？"

"这可千万不能告官——"

定云郡离宁王封地最近，宁王一直想将郡守收作羽翼，故而这一带便是铁桶一般密不透风，没人知道宁王所做的谋逆之事。可新上任的郡守严大人刚正不阿，几头不靠，故而宁王觉得这人是个威胁。严大人就任之前，宁王爷就派人示意了数次，全无效果。宁王爷又派人送上大礼，却被呵斥一番。屡次三番，宁王爷便起了杀心。达官贵人，王侯将相，谁不知道什么是"宁教我负天下人，休教天下人负我"？宁王爷说了要当断则断，不论何等的治世之臣，若不能为己所用，必将反受其害，必须除掉。你说宁王爷有恩于你，故而委派你把这件事情办好。

我以为你能激浊扬清，志在四海，却眼看着你做出如此不义之事。

"我也知道多行不义必自毙，严大人怎么说也是个好官。所以我下手时心软了，严大人的护卫拼死抵抗，我被其所伤。"

"那严大人如何？"

"自然是死了。"

你说圣贤之言教人大恩未报，刻刻于怀。可生死不负衔环结草，许多时候不过痴心妄想，谈何容易？滴水之恩当涌泉相报，那一饭之恩岂不该性命来抵？你文武皆通，本是生于书香门第，殷实之家。可是家乡因河水改道，十年之内两次被淹，哀民遍野。尔父起初还有意赈灾，可渐渐也入不敷出。五年前瘟疫横行，可怜尔父正是随心所欲之年，无钱医病，寿终。怜哀哀父母，生我劬劳，只恨此时有子不如无。凑不出棺材钱，你只能插个草贱卖自己。离按礼出殡只差两天，依旧没人回应。恨！十有九人堪白眼，百无一用是书生！又过一日，微雨，形如枯槁，心如死灰。后来宁王爷一行经过，付了钱。

"何如云"一名，便是宁王爷所赐。

故而肝脑涂地，以保宁王爷不失计于庙堂之上。

"何兄你真糊涂！君子有所为有所不为，更何况良禽择木而栖。纵是天大的恩情，你也不该盲目听命。不过既然这样说来，如严大人这般被你杀害的朝廷命官，还有几人？"

"六人。"

"什么？"

"岭南县令朱大人，平陵郡守钱大人……"

住口！你徇私枉法，事不再三！

我如坠深渊一般，大失所望。断送一生憔悴，只消几个黄昏，今日我便与你割袍断义，等你腿伤好了，请速速离开！

"水至清则无鱼。秦公子，切莫一腔书生之见，宦海沉浮，受制于人，哪有书里写的那样单纯？"

你不必多言，我劝你金盆洗手，日后人生不相见，动如参与商！

早知如此绊人心，何如当初莫相识！

你走之后，彻底断了音讯。我以你为鉴，奋发图强，世事艰难，唯有书卷多情似故人。我一厢情愿，痴人说梦，以为苍天有眼，善恶有报，邪不胜正，有朝一日宁王爷必然倒台，届时你便还是自由身。而后，我一举中第，天恩浩荡，做了岳北小城的父母官。岳北依山傍河，也是风水宝地。我兢兢业业，可每次师爷见我，似有难言之隐。一天，我屏退众人，独问师爷他为何心事重重。

"大人啊，"师爷他长叹一声，"您可知道您为何能到岳北来？"

师爷告诉我十五年前，河水改道又恰逢连日大雨，岳北全城水淹。圣上派了宁王爷来巡视灾情抚慰灾民，可是宁王爷却将此视为一块肥肉，一笔救命钱三分入城七分却入了王府。堤坝不得修缮，灾民无钱安家。果不其然又过了三年，岳北又遭洪涝。本以为大难过了，即可苟延残喘，结果五年前又来了瘟疫。上任县老爷一直对此耿耿于怀，觉得这是宁王爷作恶多端、中饱私囊、草菅人命的恶果，于是多年来一直收集证据，寻思要告他一状。可是，奏表递上去没多久，县老爷却深夜暴毙，屋里一片狼藉，收集的证据也不翼而飞。就这样，岳北县令的位置出缺。

"你说是宁王害死了县令？"

"是啊，县令平时健健康康的，怎么说没就没了呢？"

宁王爷势大，我若是再递一封奏折上去，必跟上一任县令同一下场——蚍蜉撼树、螳臂当车，自寻死路。我寒窗苦读，好不容易求得功名，正是春风得意时，若是此刻不引火烧身，日后想必官运亨通、飞黄腾达。我心思不宁、辗转反侧，想了一夜，读书人以利民为己任，赤心报国，曾愿得广厦千万间，大庇天下寒士俱欢颜。如今我怎可摧眉折腰事权贵！如飞蛾之赴火，岂焚身之可吝。

果然，我递上去的折子如石沉大海。翘首以盼、望眼欲穿，却音讯全无。

又过了许久，一日半夜，深院静，小庭空。不知谁翻乐府凄凉曲，风也萧萧，雨也萧萧。忽听门外三声敲门声，为何无人通报？于是我匆匆披了外衣，跑去开门。

"何兄？你深夜前来，院子里竟然无人通报。"

"秦大人，他们是通报不了了。"

"通报不了？罢了，有失远迎，进来吧。"

"不必了，宁王爷派我来的。每次宁王爷派我——"你一边说一边拔剑出鞘。

"你要杀我？"

果然宁王爷放心不下。哀莫大于心死，我闭眼，潸然泪下。

人固有一死，既然是你，就动手吧。

仿佛过了许久，我突然睁眼，发现自己竟还活着，而你已经将宝剑收了回去。

"秦大人，我不知道你查出了什么，能让宁王爷如此心焦。"

事到如今，不得不说。于是我便把师爷告诉我的话一五一十地转告给了你。我本是指望你听完后还念着我一心为国为民，不要再助纣为虐，放我一条生路让我亲眼见着此案水落石出。你听着听着，泪流满面，对我说："秦大人，你有所不知，我本是岳北人。"

是了！天道不测，造化弄人，无处捉摸！猛地想起你说过家乡十年之内两次洪水，还有一次瘟疫，这不是岳北又是哪里呢？我真愚蠢！事到如今竟然没有作如此联想！你以为宁王爷葬父之恩如此纯粹，让你心甘情愿地鞍前马后。我看宁王不过是自导自演了一出戏，做尽了人情，收买了人心。他虚情假意、故作慈悲，你做死士，不过为人工具。像你这种人，他视之如草芥，弃之如敝屣。

忠心耿耿，可悲可怜！

何兄，往日崎岖还记否？

"秦大人，在下一辈子混沌糊涂，今日你一言如醍醐灌顶，当头棒喝。我不想做衣冠禽兽，不愿行同狗彘。今日决不能杀君子，更不能杀知己。不过我如今却是心有余而力不足，你这封奏折上达天听，损害了宁王爷的声誉，他绝不会放过你。自我来后过半个时辰，我的两位师兄何如雨与何如风就会来勘察状况，这二人武艺高强而心思缜密，届时你不可能逃脱。千万记住留得青山在不愁没柴烧。你我已经耽误了些时间，你现在快走吧！"

“秦大人，我自知满手鲜血，作恶多端，按律当斩。叹悲莫悲分生离别，景明，今夜之后，一别长绝。”

宁王，顺其者昌逆其者亡。生杀大权，如此滥用，今日之域中，难道不早就是宁王的天下？普天之下莫非王土，率土之滨莫非王臣，我只怕便是躲得过今日，天下虽大，却再也无立锥之地了。

我来不及挂印封金，粗略收拾，连夜逃走，不敢停留，只怕绿树听鹈鴂。更那堪、鹧鸪声住，杜鹃声切。若是啼鸟还知如许恨，料不啼、清泪长啼血。

平生塞北江南，归来华发苍颜。布被秋宵梦觉，眼前万里江山。

贪生怕死！胆小如鼠！有何颜面重提万里江山？

我又回到了故乡平宁，怕被人认出，不能进城，在西郊山脚下建了个茅庐。我思来想去，当年旧物尽皆流落异乡，唯有你赠的斗篷一件，我一直留着。叹独自一人，隐姓埋名漂泊无定，欲棹小舟寻旧事，无处问，水连天。你杀身成仁，故而我在山上为你修了座衣冠冢，山顶风景秀丽、万籁俱寂。眼看着我不杀伯仁，伯仁因我而死，石上磨玉簪，玉簪欲成中央折，而今只剩下旧栖新垅两依依。

望你年年，享我蒸尝。

万里人南去，三春雁北归。

不知何岁月，得与尔同归。

又一年端午，人人祭奠屈原一片忠心、满腔热血，为国捐躯，宁为玉碎不为瓦全。屈原愤然投江让我想起你为了救我毅然自刎。忠义之士，无人祭奠。故而第二天早上我就又去山顶看你。可怜纵使相逢应不识，尘满面，鬓如霜。祭奠一番，我哭着下山，走到半山已经甚是疲惫，故而靠在一棵老槐树下稍稍休憩。似是没过多久，忽然睁开眼，方知刚才竟然睡着了。看着天色已晚，我便赶紧下山走去，走着走着，惊觉山景全变，一时不知身在何处。

我突然被一人从身后拉住，回头看，只见他身着官服，器宇轩昂。这人盯着我许久，说道："此乃阴司泉路，你寿数未终，何故在此？"

"拜访故友。"

"何人？"

"岳北何如云。"

他从怀中掏出一本簿册，翻看了许久，冷冷地说："此乃人间生死簿。该名不在簿上，世间并无此人。你不得停留，回去！"

罢了，"何如云"还是宁王爷赐名。

我惊醒，还在树下。

你攻陷齐国，费了数年。

我收复失地，只在一夜之间。

攻心之计，乐毅，我也有兵法。

乐 毅

笳鼓动，渔阳弄，思悲翁。

不请长缨，系取天骄种。

剑吼西风。

总是说"试玉要烧三日满，辨材须待七年期"。想来要是没有你，我这个齐王旁系、临淄城里的无名小卒，等得又何止是七年？

白首功名原来晚。

济水一战，齐国大败。齐国的满朝文武没有人参透你的用兵之道。齐王恐惧，弃城而逃，我想，你气势正盛，取临淄如同探囊取物。

果然，乐羊后裔，名不虚传。

我仓皇逃到安平。

你乘胜追击，大军马不停蹄奔安平而来。

若不是我早早将车轴安上铁箍，我也同其他齐国人一样，成了燕军俘虏。我一路逃窜至即墨城，闻听仅有即墨、莒城两城未克，千里之地已尽丧敌手，想到生灵涂炭，读兵书，彻夜难眠。

齐王在莒城内被害，我失声痛哭，痛哭之后狂笑，你在莒城拖了这么久，现在必定转而奔即墨而来。即墨小城，危矣。

危难之际，我被举荐为即墨守城官。

乐毅，我总希望能与你一战，让我这个临淄城里的无名小卒，与你这个乐羊后裔、威震天下所向披靡的大将军在两军对阵之中痛快一战，要么坚壁清野，要么喊杀震天，要么血流成河。

只不过，当我真正看到你的旌旗战车、听到你擂响鼓声时，我确信自己不是你的对手，我肯定会输，会心服口服地一败涂地，毕竟即墨城里大多是老弱残兵。

故而我不能与你痛快一战，不能一败涂地血流成河。若即墨失守、就剩莒城孤军奋战，齐国定将不复存。到那时，祭祀断绝，哀鸿遍野，生灵涂炭，我又岂能容忍？

哪里有万全之策？

闻听燕国有新君继位，我不禁大喜，天不亡齐！

你没有兵法，但你就是兵法。

我记得，兵法上面说过：攻城为下，攻心为上。

是了，攻心为上。

我派遣了心腹去燕国，散布消息说你之所以这么久没有攻克齐国，是因为你要背叛燕国，在齐国称王称霸。新君即位，本就怕你，怎么可能不信？

果不其然，心腹回报，燕君召你归国，收了你的兵权，改命骑劫为大将军。骑劫不是你，远不如你。他带兵，我必胜。

不过略施小计。骑劫自负，我只不过先派使者带珠宝示弱，于是他大意了。是夜，火牛阵，喊杀震天。血流成河的是燕军。

你攻陷齐国，费了数年。

我收复失地，只在一夜之间。

攻心之计，乐毅，我也有兵法。

中兴齐国很辛苦。立了新君，我做了丞相，要事缠身，难以再征战沙场。听说你在赵国挂帅，却也没有带兵，游走于燕赵之间。本想能与你斗智斗勇、领略你如神的兵法，真是令我扼腕叹息。

罢了，若有来生，我定为将军，与你夜卧大帐，秉烛谈兵，征战沙场，岂不快哉！

罢了，若有来生。

孙刘联盟不过一时之计，你不能为我江东之所用，必
为我江东之所患，我又怎能不除掉你？
孔明啊，我最希望你能成为我的知己！

我愿做你的钟子期

舟千乘、马千匹、强弩千张，统百万雄狮虎踞江北；

酒一斗、扇一柄、瑶琴一副，聚二三英雄笑看神州。

建安十三年冬，曹操率军一路南下，剑锋所指，便是这江东八十一郡。

我长得眉分流彩，目含秋水，面色如玉，唇红齿白，而你诸葛亮只不过是一个小小南阳村夫；我身为吴侯堂堂八十一郡大都督，而你诸葛亮只是刘备区区一个军师。

即使如此，我深知，我不如你。

苦肉计，火烧曹营，我想到的，你也想到了。夜谏吴侯，计诈蒋干，我没想到的，你也想到了。

此等人才，竟不能为我东吴所用，令我痛心疾首。

孙刘联盟不过一时之计，你不能为我江东之所用，必为我江东之所患，我又怎能不除掉你？

孔明啊，我最希望你能成为我的知己！

一日升帐，我令你十日之内督造弓箭十万支，这本比登天还难，而你却说只需三天就足够了。我大惊，你从容立下军令状后飘然而去。

望着你渐远的背影，我窃喜：孔明啊，这次你认栽了吧？任凭你三头六臂、心机费尽，到头来只会搭上卿卿性命了。

前两日，你毫无动静，或许造箭去了吧？

那夜，大雾迷江，远近难分。

我被一阵从江面传来的鼓声惊醒——原来如此！我不由拍案叫绝：孔明啊，你真乃人中之龙！

苍天既已降周郎，
尘世何须生孔明！

数万吴军被北风所困，你竟筑起七星坛，借来三日三夜东南风……我怕你从此一去不复返，急令徐盛丁奉率领五百军士去七星坛取你性命，可话未出口，小校来报，你早已飘然离去……

孔明啊，柴桑一别，后会无期，今生今世，你我终是对手。若有来世，愿效伯牙子期月下之遇，如饮美酒，令人沉醉……

辑三

几回魂梦与君同

放箭吧！十年来，深恩负尽，死生师友。人言鱼与熊掌不可得兼，舍鱼而取熊掌者也。今日我便引决自裁，成就你名扬四海！

师 兄

添兵减灶，你还真当我被蒙在鼓里？我怎么可能不知道，马陵道在两山之间，地势险要，溪谷深隘，丛林茂密，是伏击的好地方？我怎么可能不知道，师兄你可是孙子后人，日思夜想不过置我于死地，除去成就霸业的心腹大患？

入你彀中，是我自投罗网，身不由己。

我愿名垂千古，再不济就遗臭万年！

人非圣贤，孰能无过？那日你受了膑刑，躺在我床上昏迷不醒。我审视你腿上的伤口，悲从中来，泪如泉涌。我自知有罪，罪不赦：我罗织了你的罪名，利用了你的清白。若不是因为我的一己私心，你不至于落到这般境地。血肉模糊，令人作呕。切肤之痛，感同身受，绝处不能逢生。我怕，可我是魏国的大将军，身经百战，杀敌上千！我见过手足异处、饿殍遍野、十室九空。我也曾危若朝露，却从不贪生怕死，但是你比战场上的任何一具尸体都使我畏惧。向隅而泣，我怕你醒来说我是假惺惺地猫哭老鼠。哑然失笑，我见惯了宦海休休莫莫，居然也还哭得出来？我的亲信一直就在门外，想必是听得害怕，匆匆跑进来，问我有何吩咐。我命他请魏国最好的医师来治你的腿，然后留我一人清静。恻隐之心，看不得你落魄。我可怜你，也可怜我自己。

记得同烧此夜香，人在回廊，月在回廊。而今独自睡黄昏，行也思量，坐也思量。

我仔细清理了你腿上的伤口。遥想当年，你我还都是健全人。

遥想当年，鬼谷山与世隔绝，你我二人也曾心无旁骛，一心只读圣贤书。恭、宽、信、敏、惠，我曾以为世人皆仁。你我深知儒墨之说，熟读过春秋也明晰礼乐，精通用兵之道且有治国之学。我不是没听过圣人之言更不是不懂得何为君子。同窗十年，你我也曾亲如兄弟。你我自视济世经邦之才，愿出山之后可平乱世，开太平，成就霸业。你我曾愿日后能抒青云之志、万里之心。想来皇图霸业不过谈笑中。你我也望做仁人志士，愿效管仲，相桓公，九合诸侯，一匡天下，不以兵车，民到于今受其赐。

遥想当年，我邀你与我共商霸业，同朝为臣。

思往事，愁如织，但若是今已不如昔，后更当不如今！

人为刀俎，我为鱼肉，如今我已经赌不起了。你太聪明，而且我听传言说你手里还有《孙子兵法》。这可是无价之宝。我恨！我鬼谷的十年寒窗苦读，可能都不及《孙子兵法》一句醍醐灌顶。你会毁了我功名利禄、锦绣前程。我出山之后，很快得到魏王赏识，迅速爬到大将军的高位。我才是魏王的新宠！我不想与你金銮同唱第，更怕你投奔他国成了他人的肱股之臣。

我做得到自私自利，我可以为达目的而不择手段。这些年在朝为官，我才懂了什么是真正的纵横捭阖。我知道人人都有软肋：三更起坐泪数行，不过见故人而思故乡，人之常情罢了。你也不过是独在异乡为异客。我必须要扳倒你，在你可能扳倒我之前。我设下圈套：我使两名亲信假装自齐国而来，进而骗取你与齐国书信一封，涂涂抹抹，便是你背叛魏国，辜负雨露之恩的铁证。魏王根本做不到用人不疑，一看此信，你百口莫辩。

你可知，要不是我在朝堂之上痛哭流涕，求魏王开恩将你罪减一等，你早已命丧黄泉。群臣赞扬我念及旧情，不是如你这般忘恩负义之人。

不过，诸侯皆知刑余之人不可为将。更何况，你若死了，谁记得孙子兵法？

十年同窗，不过幻影。心之所向，如今已是海市蜃楼。入乡随俗，多疑、猜忌、利欲熏心使我夜不能寐。我知道，你我终将刀兵相见，生死相向。

膑刑之后，你还在我家。一日，你突然讲起一些关于师父的胡话，还自视天神下凡。众人都说是膑刑导致的癫狂，可我不信，因为我知道你足智多谋，使得出韬光养晦的计策。

为了试你，我将你关进了猪圈。本以为任何神志清醒的人都不能受此奇耻大辱，可是你却安然自得。我给你送了三次饭菜你却说这是粪便，送给你粪便你却说这是佳肴。见你如此，我悲痛不已。罪孽深重！大丈夫在世，谁不愿建功立业，名垂史册？更何况你我又同是鬼谷弟子，你可做万人敌！我心软了。

不久，齐国来使，你与他一起逃了回去。没想到我会犯跟你一样的错误，会被我最亲信的人背叛。他私下告诉了你我的计谋，然后你装疯卖傻给我演了一出苦肉计。

尘世如潮人如水，只叹江湖几人回。

你我不过都是傀儡。千断人肠，万断人肠，不过桀犬吠尧各为其主。我若想要官运亨通，岂能不知众人国士之论？"范、中行氏众人遇我，我故众人报之；至于智伯国士遇我，我故国士之。"一时知遇之感，如若魏王有难，我定效犬马之劳，结草衔环，万死不辞。这次魏太子申监军，他命我走马陵道，只因马陵道最短。

眷眷往昔时，忆此断人肠。

前面的军士有些躁动，喊我去看。我走近前，只见"庞涓死于此树下"。

放箭吧！十年来，深恩负尽，死生师友。人言鱼与熊掌不可得兼，舍鱼而取熊掌者也。今日我便引决自裁，成就你名扬四海！

归期已到，带我回去！

我亦飘零久，归来知路难。

雁儿何处是仙乡？来也恓惶，去也恓惶。

当你那一袭清瘦的背影从我的视野里渐行渐远的时刻，你那飘逸潇洒的风采却永远留了下来。你好像一只俊逸的云中孤雁，在我的心中留下了刻骨的痕迹，让我的世界永不寂寞。

你让我的世界永不寂寞

秋冬交替的季节总是风多。一阵微风掠过，白杨树发出细碎的声响。不知为何，这窸窸窣窣的声音给人带来了无限的寂寞和惆怅。百无聊赖中，眼前浮现出你年少的身影，而且那身影愈加清晰。

"钟期既遇，奏流水以何惭？"或许，滕王阁中那次宾客大宴的盛景根本就与你无关——你不过是恰好行舟至此的一个过客；在此之前，你也只是一个因区区一纸语重心长的《斗鸡赋》而惹怒龙颜、失意于无情官场的十几岁的少年——那个弱冠之年就被荐入沛王府的年轻后生。

来到阎督公为自己女婿扬名立万而举办的盛宴，"不谙世事"的你，本就该与前面的那些文人骚客一样"拿笔推谦"的，而你却毫不迟疑地铺纸研墨，"豫章故郡，洪都新府。星分翼轸，地接衡庐……"你洋洋洒洒地写了起来。都督阎公不禁大惊失色，继而怒火中烧——这厮也太不知礼数，未免太轻狂了吧？众宾客随之亦大惊失色——这年轻人也太自傲了，未免太不知天高地厚了吧？然而，当笔走龙蛇的你写下"落霞与孤鹜齐飞，秋水共长天一色"的千古绝唱时，满座的高朋真正地惊呆了，瞠目结舌者有之，拍案叫绝者有之，众人实在不相信自己眼睛所看到的一切——后生竟如此可畏！如此精妙绝伦的文字居然出自一个年未及冠的十几岁孩童之手！

你无意众座皆惊，更无意那些所谓五体投地的钦佩，我知道你心有千千结，需要酣畅淋漓地用文字表达。"关山难越，谁悲失路之人？萍水相逢，尽是他乡之客。"当行笔至此，厅堂内一片沉寂，众人唏嘘不已，继而叹为观止：一个十四岁的少年，竟然也如此老成，赤手空拳，迎接命运的挑战，竟然也对漫漫人生发出如此的感慨。但人们渐渐发觉倾诉心中之苦似乎并非这位天才少年的本意，当目光移动到那句铿锵有力的"老当益壮，宁移白首之心。穷且益坚，不坠青云之志"时，人们惊叹了：一个命运多舛的少年，竟如此的胸怀大志，如此的胸襟宽广！

你写完，无忧无虑地踏上了前往交趾的路途。

可是——

阁中弟子今何在？槛外长江空自流。

人们害怕了，生怕浩森的江水真的夺去了你那骄傲的眼眸，生怕汹涌的波涛淹没了你清瘦的身影，生怕再也无法感受你那无所畏惧、风流倜傥的风采了，生怕……

于是，大家坚信江中的龙王招你做了女婿。

窗外风声凄厉，如泣如诉。不知漂泊在千年风雨中的你是否安好，当你那一袭清瘦的背影从我的视野里渐行渐远的时刻，你那飘逸潇洒的风采却永远留了下来。你好像一只俊逸的云中孤雁，在我的心中留下了刻骨的痕迹，让我的世界永不寂寞。

《讨武曌檄文》我不知读过多少遍，在文中寻他千百度，却难觅踪迹，不想在梦中，竟与他对话了。

心思不能言，肠中车轮转。

寻他千百度

是夜，天幕如同被墨水染就的绸缎，光滑细腻得透不过一丝光亮，连狡黠的月光和闪烁的繁星也被挡在其外。瓢泼的大雨使单薄的伞在此刻丝毫不起作用。我无奈了。

突然，不远处的山脚下，只见一座庙宇正闪烁着星星灯火，我决意去那庙中避雨。

仿佛是一座经历沧桑的古庙，枯乱的老藤早已将四周的院墙渐染成青色，山门也已斑驳。轻叩门环，里面传来窸窣的脚步声，一老僧开了门。借着昏黄的光亮，我惊觉他衣着虽似个厨僧，却庞眉皓发，仙风道骨；似曾相识，又全然不曾见过。想必今夜像我一样来此避雨的人不少吧，他没有多问，只说："施主若是避雨，随贫僧来就是。"

他将我引至一禅房后，便离开了。

约莫过了一个时辰，雨渐渐停歇。我本想继续赶路，但觉得这僧人实在有些不凡，便决意再多待片刻。

此时寺院中传来清脆的脚步声，待我侧耳细听时，却传来一句诗："鹫岭郁岧峣，龙宫锁寂寥。"听到有人吟哦，我十分激动，暗自思忖，今夜若是能碰上一位诗人倒也是件幸事。

那人吟罢，突然停住，又重复了两遍，还是不曾吟出下句，想必滞塞了，急得他在院中来回踱步，脚步声越来越急，越来越大。

此时，一个苍老而洪亮的声音突然响起："这位少年，夜深不眠，怎么还在作诗？"我仔细辨认，听出这是那位老僧的声音，只是与最初有些不同了，我更加惊奇，更觉得这老僧非同寻常。

年轻人连忙向老僧请教，把自己方才那两句诗又念给老僧听，并说因功力不够，文思枯竭，正为不能吟出下句而焦躁呢。老僧听罢，笑着说："何不这样对：楼观沧海日，门对浙江潮。"言罢，转身离去。手中提着的长柄灯上下摇摆，将它的身影模糊地投在窗户上。

年轻人受到点拨，茅塞顿开、才思泉涌起来，一下子诵出了全诗。但我却无心去听。"楼观沧海日，门对浙江潮。"这似曾相识的诗句使我摸不着头脑，隐约之间觉得好像是他的佳作，但又有些迟疑，他不是已经作古了么？莫非……

再也无心听那年轻人吟诗，我决心探个究竟。推开门出去时方觉寺院甚大，费了许多力气才在一禅堂中找到那老僧人。只见他正襟危坐，瑟瑟的长明灯将他的身影映得十分巨大。

见到他时，我心中不觉一震，心中的疑惑顿时退了回去。半晌，有些胆怯地开口问他："大师可是……"

他仿佛知我意，默然摇摇头。

我更加疑惑："那大师是如何对出那么触目的诗句呢？"

他仿佛明白我的疑惑，笑着说："你说的人已经死了。"

听罢，我更加坚定了自己的猜测，突然想起那年他帮徐敬业写过那纸雄文劲采的《讨武曌檄文》，顿觉得自己有些失言，便不敢再问了。

禅堂陷入了沉默之中，令人难以忍受的沉默。

良久，那老僧人打破沉默，放言道："一行书信千行泪，那篇文字还言犹在耳吧？"我急切地点了点头。他则有些僵硬地继续说："怎么就皈依佛门了？你或许会这般问。当帮助徐敬业起兵的时候，我就预知了自己的命运。道不行，乘桴浮于海……独驾一舟千里去，心与长天共渺，我已不再是当年的那个我了。"

我依旧不懂。

他仿佛洞晓我的疑惑，突然笑了，说："你不是来此避雨的吗？雨停了还要赶路么？现在雨停了。"

我骤然惊醒，发觉原是南柯一梦，便心有不甘，急忙起身打开那本《隋唐史》，上面写着徐敬业起兵失败后，骆宾王不知去向。想必我梦中的那位老僧人，便是骆宾王了。若果真如此，他那波浪翻涌的一生也算有了一个好的归宿。

再凭着梦中的记忆去查那首诗，没想到，竟真有，只是全诗极其平庸罢了，唯有"楼观沧海日，门对浙江潮"一句格外醒目，器宇不凡。

《讨武曌檄文》我不知读过多少遍，在文中寻他千百度，却难觅踪迹，不想在梦中，竟与他对话了。

心思不能言，肠中车轮转。

落笔至此，心中唏嘘不已：古今多少事，都付笑谈中。

或许我只是个误入历史的过客，还是不要打搅的好。

过 客

　　一日，正读向秀的《思旧赋》，忽听耳边琴声凄凉，颇觉惊异，抬头一看，眼前竟又是一番景色：偌大的一片竹林在携着暖气的微风中萧萧作响，琴声依旧，但不消片刻，我竟分不清风声和琴声了。本想循着那琴声看个究竟，却觉得四处尽是声响，绕了几圈，又回到原地。忽然分辨出背后越来越清晰的脚步声，猛然回头，只见一位中年人缓缓走来，身着如同"魏晋名士"一般的服饰。

　　"你是？"话语刚落，忽然想起我是过客，他应是这竹林的主人才对，于是连忙改口，"我不知道为什么会到这里，多有打搅……"

　　我还未说完，那满脸严肃的人反而笑了，他施了一礼，说："很久没有人来了。不过既然来了，就听我讲一个故事再走。"

　　"故事？"我——这个过客对此话疑惑不已。

"随我来。"他头也不回地顺着原路走回去。

跟着他走了许久，也不曾走出竹林，我左顾右盼，惊异这片竹林远比想象的大得多。仔细回味他刚才的话，便追上他问道："这片竹林可真大！还有您刚刚说这里很久没人来了，约莫有多久？"

"兄长曾经最喜欢这里。这里约莫有百年没有人来了。"他用轻轻的一笑掩饰住了翻腾的情感。

百年？那他又是怎么回事？

我感到十分奇怪。

终于踏上了青石小路，他说快到了。直到青石小路的尽头，我不禁有些失望，本以为会有像竹林七贤那样的隐士，仙风道骨，饮酒赋诗，举棋对弈，却不料只见一短亭、一陋室、一枯井而已。

那人说本应请我入室，怎奈一陋室，颇觉不好意思，便请我至短亭中等候他。不多时，那人重整衣冠，背着一把琴飘逸地走出来，将亭中一张落满灰尘的木质长桌清扫干净，把琴仔细地放在上面，说："这是兄长留下来的琴。"

"兄长？"我边问边仔细观察那琴，果真是一把好琴。

他并没有理会我的问题，而是递给我一些我看不懂的"天书"，见我疑惑地摇摇头，便自顾自地把那些"天书"收起，又自顾自地弹了起来。

琴声低沉婉转，声振林木，响遏行云，似乎透出勇士出征的悲怆，义士赴死的坚决，以及痛失人才的惋惜和朋友离别的无奈。

一曲终了，他早已大汗淋漓，缓缓抬起头来，一脸崇敬地说："这首曲子兄长弹过，就是在这里弹的，他弹得更好。"

"兄长？"这个频频出现的词汇使我十分好奇。

"是的，兄长。这是《广陵散》。"他的表情瞬间凝固了。

广陵散？我不断搜索着大脑中的词汇。

嵇康？那他又是？

然后，他向我讲述了一个十分悲天悯人的故事：

竹林七贤是魏晋时期最杰出的名士，但在这七人中，嵇康尤为才华横溢，以至于当时名震朝野的钟会都自愧不如。所以他引起了钟会的嫉妒，最后被处以死刑。

那人面无表情地讲着这些，仿佛也是个过客。但是他沉痛的语气却暴露出他根本不是。

刑场上，面对成千上万来求情的学子，身着囚服的嵇康和身着华服的钟会都面无表情。面对刽子手的屠刀，嵇康没有怒骂钟会，更没有痛斥朝廷，只是平淡地说当年袁孝尼想跟他学《广陵散》，没有教他，可惜现在《广陵散》要失传了。

他说："《广陵散》汇聚了兄长一辈子心血，兄长去了，但《广陵散》不能去。"

他顿时停住了，压下心中无限的悲痛情感，继续说："你也知道：君子交有义，不必常相从，这正是竹林七贤的个性，也是竹林七贤讲究的精神。我虽不相信兄长去了，但兄长去后，竹林七贤就真的不再是那个竹林七贤了。我坚信西风吹不断的，是心头往事歌中怨。凭着我的记忆再次奏出《广陵散》，是对兄长的怀念，亦是竹林七贤故事的见证。"

他想了想，说："愁肠已断无由醉，酒未到，先成泪。我说完了。"

本来早知道嵇康的故事，但不知为何今日听他所言，更觉得凄凉。欲言又止，慨叹这就是魏晋名士。

或许我只是个误入历史的过客，还是不要打搅的好。

我正告辞要走，他叫住我，送我一纸诗句，仔细一看，乃《思旧赋》，我抬头看他，只见他用那副依旧不变的表情嘱咐我不要对外人说起，我不禁苦笑，作了回应。

走出竹林的时候，听见背后琴声复起，还是那曲《广陵散》。

走出竹林，我骤然惊醒，暗中寻思，原来是南柯一梦。

而那人，想必就是嵇康的挚友，《思旧赋》的作者——向秀。

仔细回想，嵇康，这个谜一般的人，竟有这千年等待的挚友。就为此，我宁愿抛开"君子交有义，不必常相从"，相信嵇康没有死。

枯桑知天风，海水知天寒。

在《广陵散》的乐声中，落笔至此，缅怀先人。

我死之后，把我的眼睛挖出来悬挂在城东之门，我要亲眼看着越寇入吴。

颜 面

属镂之剑，你要我死。

当初，是我建议你的父亲称霸的。我从未指望拜相封侯、位极人臣。太子未立时，诸公子相争，若不是我抵死相争，哪有你的天下？

你今日听谀臣之言以杀长者，颇有明君霸主的气派。

先君伐越。越王勾践迎击，败我于姑苏，先君病死。我问你既为人子，是否能忘越王杀父之仇、败战之耻？你坚定地告诉我不敢忘。我深幸吴国社稷不绝，祭祀不断。你立为王后，秣马，厉兵，习战射。两年后我军攻打越国，败越于夫湫。本以为一战可夺天下，谁料越王勾践竟在会稽陈兵五千，为了求和，让大夫种重金贿赂太宰嚭，甘愿到该国低为人臣。我告诫过你，只怕是若有一日得云雨，蛟龙终非池中物。越王此人，为江山安稳社稷不覆，一国之君委曲求全，甘愿做牛做马、命贱如蝼蚁。如此之人，一旦逼到绝路，可置颜面、名誉于不顾，又有什么事做不出来呢？若此时——当断不断，日后养虺成蛇，反受其乱。

你不听，你喜欢看别国之君俯首帖耳，卑躬屈膝。

"楚之召我兄弟，非欲以生我父也，恐有脱者后生患，故以父为质，诈召二子。二子到，则父子俱死。何益父之死？往而令仇不得报耳。不如奔他国，借力以雪父之耻，俱灭，无为也。"

家兄命令，性命换来，我至死不忘。

家父为楚先君太子太傅，费无忌为少傅。费无忌不能忠心侍主，让秦女勾引平王，离间太子。费无忌常怀二心，最怕的不过是有朝一日太子上位，引火烧身。所以，日夜向平王进谗言，太子恼羞成怒，起兵造反。家父为人忠义耿直，不愿见君王因谗贼小臣而疏骨肉之亲，拒不认罪。

昏君怒，囿我父。

先王诛其子不成，迁怒于家父，费无忌又谏谗言道："伍奢有二子，皆贤，不诛且为楚忧。可以其父质而召之，不然且为楚患。"楚王昏庸无道、是非不分、不休德政、妄戮无辜。伍家世代直谏事君王，声名显赫，如今竟成了威胁。覆巢之下，岂有完卵？家兄仁义良善，知道即使去了也不能保全家父性命，只怪家父召他们以求生路，而他们不去，以后更不能雪耻。

我自知徒死无益，愿弃小义而雪大耻。奔逃诸侯，寄人篱下，如丧家之犬，出韶关，乞食途中，病困交加。至吴国，寻时机，我退而耕于野。

我素闻鸷鸟将击，卑飞敛翼，猛兽将搏，弭耳俯伏，圣人将动，必有愚色。越王幽囚于此，服犊鼻，着樵头，其夫人衣无缘之裳，施左关之襦。闲暇时你看他受万民辱，病重时你看他亲尝粪便。日复一日，年复一年，你信他绝无雄心，绝无复国大念。

　　我劝过你，假作真时真亦假，寺人貂自宫以求荣宠，易牙邀宠可蒸子献君，卫开方事桓公可十五年不归，哪一个看起来不是矢志不渝，忠君恋阙？桓公不听管子之劝，亲近所做背人情者，最终三子专权，乱一世霸业。

　　如今情形，与当时何异？

　　你不信。你说齐桓公晚年亲信奸佞，而你不同。

　　你要放越王归国。

　　放虎遗患，为害无穷。幽囚之仇，越王怎么可能不报？

　　楚人未能取我性命。先王立后，召我共谋国事。三年，先王命我、伯嚭伐楚，拔舒，生擒吴国叛将二人。九年，我连唐、蔡攻楚，五战入郢。亡国之君、漏网之鱼、丧家之犬，仓皇出逃，入云梦，走郧奔随，命悬一线。

　　我师入郢晚了一步，遍寻楚王不得。既如此，掘平王墓，出其尸，鞭三百，方解杀父之仇、流亡之恨。

　　天定破人，倒行逆施，与我何干？

　　申包胥哭秦庭不过穷途之哭，垂死挣扎。

　　我听闻越王归国后不忘会稽之耻，身自耕作，夫人自织，食不加肉，衣不重采。他礼贤下士，厚遇宾客，振贫吊死，与百姓同苦。而你德少功多，淫而自矜，越王心腹之患，我早就劝你除之而后快，你偏偏要远道伐齐。连年征战，齐晋楚越皆为敌，越王借粮，你在所不辞，颇有霸主风范。

先君战败身死时，你是怎么说的？

你要君王的威风，你要高尚的名声，一旦城破，你有何颜面见列祖列宗？

太宰与我素来不和。他总说我为人刚暴，少恩，猜贼，可不见他寡廉鲜耻，见利忘义，祸国殃民？

太王欲立季历以及昌，故而太伯、仲雍二人奔荆蛮。荆蛮义之，从而归之千余家。吴生百越之地，可叹如今王不听谏，只怕不过三年吴国便是一片焦土。

投我以木瓜，报之以琼琚；投我以木桃，报之以琼瑶；投我以木李，报之以琼玖。先王助我雪杀父之仇，知遇之恩，难报万一。鞠躬尽瘁、殚精竭虑，我却眼睁睁看你做亡国之君。

也罢，如今我大仇已报，此生无憾。我全家性命都是吴国的，你今日要拿便拿去吧。

我死之后，把我的眼睛挖出来悬挂在城东之门，我要亲眼看着越寇入吴。

曲终之后，汉献帝走上台来，又见丞相严肃的目光，不寒而栗，只得将歌咏大赛"歌魁"之封号赐予根本不曾参赛的曹操。

众人见状，各怀一口怨气，不欢而散。

歌　魁

　　建安十三年春，汉献帝自许昌下诏，命天下各路诸侯齐聚于官渡，举行歌咏大赛。

　　诏令一出，立刻传遍大江南北。由于夺冠者赏赐丰厚，人人跃跃欲试，就连辽东公孙康、公孙度等也死灰复燃，意欲一举夺得"歌魁"名号。

　　不多日，一十八路诸侯云集官渡城下，安营扎寨。几十万兵马安顿好后，各路诸侯纷纷与手下文臣武将商议对策。

　　"主公，明日进城，恐凶多吉少，万一曹操那老贼……"

　　"主公，进城危险，不如说不敢进城，请汉献帝出城……"

　　"放肆！当今圣上是你请得的吗？如此不忠，何以为臣？"

　　"大哥，小弟认为孙乾先生说得有理啊，不如……"

　　此时，官渡城中，身为丞相的曹操曹孟德亦有一己打算。

他深夜秘密遣手下召来心腹荀攸、郭嘉、张辽等人，商议对策。

"主公，如今一十八路诸侯已到齐，不如等他们进城，一举剿灭，以消主公心腹之患。"荀攸向曹操献计。

曹操听得这话，面无表情，内心已默然赞许。

"主公，此举万万不可！"郭嘉一听，连忙向曹操阻止。

曹操闻听，顿时拉下脸来，严肃地问："有何不可？"

郭嘉不慌不忙地说："主公，此次十八路诸侯进城，实为参加歌咏大赛，若乘机剿灭，恐主公名声之不利呀。再者，万一城外军队一齐攻城，亦恐官渡不保，臣恳请主公三思。"

"嗯……"

几日后，各路诸侯纷纷带领护卫队伍小心翼翼地进了城。城内张灯结彩，歌舞升平，毫无伏兵之状，众诸侯心中纳闷，岂有再出城之理，只得硬着头皮谒见汉献帝。

常言道："仇人相见，分外眼红。"曹操与众诸侯一见面，气得面红耳赤，恨得牙根痒痒。但朝堂之上又不可无礼，各路仇家只得暂且作罢。

"臣刘备、孙权、袁绍……参见陛下，愿吾皇万岁！万岁！万万岁！"

"诸位爱卿平身。"

"陛下，臣有一事相求，愿陛下成全。"

"皇叔讲来。"

"臣等恐遭不测，亦不敢久居城中，敢请陛下出城，以举行歌咏比赛。"

"这……"汉献帝不安地看了曹操一眼，只见丞相面露愠色，仍微微点头，于是忙说"准奏。"

"谢陛下。"

次日，城外鼓乐连连，只见青罗伞盖之下，汉献帝骑一匹羸弱的黄骠马，缓缓而行，曹操胯一匹爪黄飞电驹，腰悬深绿鱼皮鞘的青钢宝剑，紧随其后，两人只争一马头。

献帝坐定，下令比赛开始，吩咐众人先比试嗓音。蜀将张飞一催胯下踏雪乌骓千里马，大吼一声，跃到擂台之上，叫道："燕人张翼德在此，谁人敢与我比试？"声如巨雷劈空，蛟龙怒吼，震得众人连人带马倒退三尺。突然，后方一员虎将纵马狂奔，挥舞手中九齿开岳独环刀，一下跃上台来，嚷道："燕人休得猖狂，俺来也！"众人一看，原来是北方名将——"虎痴"许褚，胯下之马正是西凉名驹——斑豹铁骅骝，上八骏之首。张飞一见许褚胆敢上台，勃然大怒，钢髯倒竖，举起丈八蛇矛分心便刺，许褚亦毫不示弱，挥刀来砍，二人顿时战作一团。献帝恐伤了张飞，又怕得罪了曹操，连忙遣人叫停，曹操早已惊出了一身冷汗，忙叫张辽安抚爱将许褚。

二人走后，余下众将亦不敢再比，于是汉献帝悄悄看了一眼曹操，偷偷地拿笔把许褚划去，却见曹操瞪了他一眼，目光如一把利刃直刺汉帝心脏，年幼的汉帝吓得直打哆嗦，战战兢兢地说："丞相息……息怒，朕这……这就改。"说罢，用发抖的手拿起笔，轻轻划去张飞二字。

献帝渐渐恢复了神色，命第二场"比美"开始。

江东孙权身后走出姐妹二人，乃是江东美女大小二乔，此二人有闭月羞花之容，沉鱼落雁之貌，琴棋书画无所不通，乃绝世美女，怎奈"山外青山楼外楼"，"强中更有强中手"，北方还有一代奇女子貂蝉，此女乃司徒王允之义女，容貌才艺不逊二乔，还为国除贼，深得献帝所喜，只见那貂蝉犹抱琵琶半遮面，玉步轻移，上得擂台，众皆赞叹。故献帝毫不思考划去大小二乔，回望了曹操，见其点头而又满心欢喜。

献帝见众诸侯将领都跃跃欲试，命下一场比赛开始。

江东周瑜，实为一代儒将，民曰："曲有误，周郎顾。"可见其琴技之高超。周瑜抚琴，声震林岳，一曲终了，汉献帝面露喜色，正欲使其夺魁。

"且慢！"

众人望去，此人身高八尺，头戴青色纶巾，面如冠玉，身披雀氅，手执羽扇，有神仙之概，正是诸葛孔明。只见孔明稳步上台而来，端坐抚琴，琴声似山间清流，潺潺流淌，时急时缓，又如院中桃花，风吹来时，纷纷飘落，众人如痴如醉，一曲未了，献帝早已将周郎之名划去，改作孔明。

曲终之后，汉献帝走上台来，又见丞相严肃的目光，不寒而栗，只得将歌咏大赛"歌魁"之封号赐予根本不曾参赛的曹操。

众人见状，各怀一口怨气，不欢而散。

言罢，你命侍从递来一个小瓷瓶，放在我床头。我隐约见它封如密坛。

"高兄，生存多所虑，长寝万事毕。世事多磨难，我有解药一瓶，随你使用。"

"不过，何郡我不会留一条活口。"

事到如今，别无他法。

杏花轩梦记

我在盈国期间居然一病不起。

盈公在国都西郊何郡赐我宅院一座，早春时节，窗前的几株杏树花开得正盛。杏子梢头香蕾破，淡红褪白胭脂浍。我自侍从们的口中得知盈军在西南疆节节败退，祁国李将军步步紧逼，盈国上下如惊弓之鸟。

天下大势，分分合合。荆高祖平定中原、一统天下，柳氏统治天下三百年整。而后天子年幼，宦官当道，皇亲国戚诸侯藩王争斗不休。诸侯割据，形成东洛西宁南祁三足鼎立、尹国四面受敌的局面。而盈、毕、赵在南，夹缝之中朝秦暮楚。襄、魏虽然在北，但夷狄之土不足为虑。柳荆如今只剩宁、祁之间的弹丸之地，与舒、倪、申相接。此东南三国，地势崎岖，易守难攻。

尽管尹国已至苟延残喘之时，我仍为太子，家父仍是一国之君。虽不能以卵击石，但可与虎谋皮，绝不可坐以待毙。思来想去，只有出此下策：在我及冠之日，家父将我送去宁国做质子，将二弟送去洛，以示修睦之心。

在宁国的两年还算风平浪静。一日，家丁突然来报说祁国皇子求见。我大为不解，我此时寄人篱下，有名无实，祁国疆域千里，兵多将广，见我何用之有呢？

你自称是祁国皇长子，只可惜母妃是赵国人，身份低微，皇位与你无关，你三弟才是备受宠爱的真太子。不过，皇长子的身份倒是好用的，如今宁国与祁国结盟，故祁使长子为质，纳质为押，入侍为臣。你说，你我二人同为质子，住得近了，故而冒昧拜访。交谈间，我虽是虚长你五岁，多读了几年书，若论起心思缜密、干脆决绝，我根本无法与你相比。自知生逢乱世，命如蝼蚁，可我还信礼乐之教、君子之道。我不耻于你的心之所向，但又怕今后一旦与你兵戎相见，一败涂地。不过想来宫闱斗争，外戚争权，你见过太多的尔虞我诈、世事炎凉，也别无选择罢了。

暖气潜催次第春，梅花已谢杏花新。北国春暖花开之际，你我二人于院里花下品茶，聊起天下事。

"高兄，"你说，"你院子里的杏花真好看，我这么多年都没见过。"

"没见过？"

"是啊，杏花多生中原之地，祁国在南，哪有杏花呢？还是这里好。"

"唉！江山虽美却终非故土，东望故国，不知何日是归年。"

"但是高兄你还有国可归！若能忍得一时，日后归国，你还可做一朝天子，济世经邦，安定社稷。任天下风起云涌，你还能乘风去，击楫誓中流，你还能做一世明君，位列宗庙，名垂史册。"

"我呢？"

夹缝求生，我想的仍旧是梦归不恨故山深，也有报国有心身潦倒，日日煎熬，生犹可厌尊前客，恨不能诛镜里人。而你不以苍生为重，满心功名利禄，可德尊一代常坎坷，名垂万古知何用？

也罢，求仁笑孔丘。

如今想来，不过少年不识愁滋味，为赋新诗强说愁。

这几年宁国南扩，我尹国北疆无战事。你我二人松花酿酒，春水煎茶，吟诗作画，障泥油壁催梳掠，曾驰道同载，上林携手，也曾亲如兄弟。他乡遇故知，仿佛真的是生死之交。再想起，真荒唐。你与我为友，不过是同是天涯沦落人，在虎狼之国，别无选择。我早该想到，终有一日，道不同不相为谋。

可半醉半醒日复日，花开花落年复年。

"高公子！高公子！"

"夜深人静，你们在此大呼小叫，所为何事？"

"祁国陆公子已在院内等候，说有紧要事相商。我说公子早已睡下，他执意不听，偏偏进来，拦都拦不住。"

子明？想你深夜冒雨前来，想必是有什么要紧事。

要紧事？张机设阱，靠的不还是望梅止渴、画饼充饥。假作真时真亦假，谁能看破？

"高兄，想来门外若无南北路，世间应免别离愁。过了今夜，你我——不会再见。"

可你约定的为质之期未满，擅离便是重罪！

你告诉我，祁太子刚愎自用，寡恩少德，苛对臣子，众叛亲离。一日狩猎之时，身边无人，马匹受惊，被野畜所杀。随后各皇子争权，危及国本，祁公大怒，急火攻心，再加上白发人送黑发人之痛，竟一病不起。神医术士，各施良方，亦无力回天。祁公虑你在外为质数年，饱经沧桑，知民间疾苦，故而命近臣急召你归国，议立储事宜。

"高兄，我在宁几年，多得你照拂，感激不尽。本以为孑然一身、落魄他乡，一无所有，难以为报，谁知竟有今日之变。可思来想去，这太子之位宁愿没有。想日后你我各自为君，生逢乱世，身不由己，只怕终要战场决生死。兵戎相见、成王败寇并非我所愿。故而近日，我愿发誓，只要你一日为君，我一息尚存，两国修葺城垒，治理域内，理辞讼，劝农桑，边境永无战事。"

三年故去，言犹在耳。可惜时不我待，难争朝夕。你归国一年后，祁庄公驾鹤西去，你继位为君，一统河山。曾经争权的兄弟多数做了泉下鬼，剩下几个也都发配边疆。

你年少为君，胸怀大志，祁国自是蒸蒸日上。你施展远交近攻之策，尹公心慌不已，我在宁国为质期满，刚回故国，便马不停蹄飞奔祁国而去。

我曾以为：父在，观其志；父没，观其行；三年无改于父之道，可谓孝矣。祁庄公在时，你以孝行名天下。庄公与尹尚安，守孝未完，你不改父道，定与尹交好。可没想到：于你而言，孝道不过是表面文章，实则取荣名以自利。

我曾以为，所谓君子，驷不及舌，一言九鼎，一诺千金。你曾发誓不刀兵相见是出于真心实意。可没想到，于你而言，君子之道不过一千古笑柄而已。

我曾以为你我二人歃血为盟，异性兄弟也可亲如手足。你离开前夜，把酒言欢，说的还是生死与共、富贵不忘、患难相当。可没想到，这不过是缓兵之计，权宜之策。

纵使文章惊海内，纸上苍生而已。司马昭之心，只有我不知。

故友相见，千里重逢，我也曾喜出望外，延颈鹤望，怨虽快马加鞭却不能一日千里。可你，毫无往日风范，君子气度荡然无存，赫斯之威，一如天王下界。

陆子明，不敬。

等闲变却故人心，却道故人心易变。

祁公，不是么？

天下大势，群雄逐鹿，生民磊卵。所谓生死荣辱，不过是一念之间。身为一国之君，祁公怎可不顾布衣黔首、平民百姓？怎可不听几朝老臣、皇亲国戚？怎么会不想一呼百应，怎么会放得下生杀大权？

又有谁能为一点情谊，放下生前身后名？

我在祁国，如履薄冰，生怕一着不慎满盘皆输。可不过数年，你假称尹侯不向天子进贡，与宁国合兵伐尹，御驾亲征，号称替天行道为民除害。尹国两面受敌，难以为继。而我，束手无策。

霜降之日，正是你生辰。也是霜降之日，尹都破。

王宫沦陷，尹侯无过，却要与亡国昏君同类，声名狼藉，遭万世唾弃。祁人入城，尹侯自知愧对万民，回天乏术，以身殉国。王公贵族，无一人苟活。

二分尹国，千秋功成，跻彼公堂，称彼兕觥，万寿无疆！

万寿无疆！

我亡国之臣，丧家之犬，寄人篱下，苟延残喘。每天向北而泣，寝食难安。你何不取我性命？生如毒酒，解药唯有一死。穷途末路，遥想当年事，忠愤气填膺，有泪如倾。愿效屈原之节，自投汨罗，宁为玉碎不为瓦全。

命断辞人路，骸送鬼门前，所需不过匕首一把。可思来想去，徒死无益。国仇家恨，全系我一人身上。

劳劳车马未离鞍，临事方知一死难。

祁国举国欢庆，王公百姓尽皆沉浸于欢喜之中。祁公凯旋未归，府上众人见我日夜嚎哭，茶饭不思，想我不过漏网之鱼、无力翻身，等祁公回国定将我处死以绝后患，便疏于对我的看管，以致我在一深夜成功出逃。

这两年间，我亡命天涯，奔走于各诸侯之间，合纵连横只为与祁公为敌。我也望能折冲樽俎间，制胜在两楹。可无论如何悬梁刺股、巧舌如簧、秦庭痛哭，也抵不过我终究是尹国的太子。

诸侯各怀异心，又见尹国前车之鉴。祁公杀鸡儆猴做得干脆，一时间无人愿与祁国抗衡。

又是此时，传言说祁公赏各地刺客重金求我项上人头。

罢了！没想到你失德弃义，原是这般豺狐之心，竟能使得出如此手段。置我于立锥无地，走投无路，举步维艰的境地。

国仇未报壮士老，匣中宝剑夜有声。

又一年月圆，我被困在舒地独过中秋。舒伯志向短浅，听不进谏言，还做着若是与祁国交好祁王还能许以封地的黄粱美梦。正值玉露生凉，丹桂香飘，银蟾光满之际。王孙贵族，富家巨室，莫不款步危楼，临轩赏月，对酒当歌。

夜深，府外游人嬉笑声不绝于耳，只有府内一片死寂。我茕茕孑立，无家可归。

于是我便早早睡去，只因醉乡路稳宜频到，此外不堪行。一夜做梦不断，梦里又见严父慈母、又见故国千里江山。往日种种一一重现。

梦里不知身是客，一晌贪欢。

凤鸟不至，河不出图，吾已矣夫。

谁料峰回路转，天不亡我。在舒地滞留许久，忽闻盈公遣使来舒，邀我速速赴盈共商国策。我不禁欣喜，盈祁两国接壤，想必是日前祁国大军压境，盈公心慌，又想起我来了？

我快马加鞭速速奔盈国而去。不料连日奔波，担惊受怕，又逢大雨，以至途中旧疾复发，日益加重，到盈时已难以面君。

盈侯为人温柔敦厚，对我恩礼有加。他想，我旧疾复发大概是心病，故赐宅院一座，近尹国故地。盈侯知我喜欢杏花，故在宅中种杏花数株，赐此宅名为"杏花轩"，以解我思乡之愁。

只可惜谋事在人，成事在天。

虽说茅屋数间窗窈窕，尘不到，时时自有春风扫。可此宅不但不能治病，反而日益严重。连日来头痛欲裂，不时呕吐不止、山珍海味如同嚼蜡。病骨支离，走到庭院都是奢望。时常不知身处何地，眼前有何人。身边琐事，我也已无暇顾及。

今日大夫走后，我拿起床头的《战国策》数卷，本想着书如药可解顽疾，可不想韦编三绝，不能解惑，看得久了头晕目眩，一片模糊。

"高公子！高公子！有客来访！"

"不见。"

"高公子！贵客远道而来，您可千万不能不见！"

"不见。"

门骤然而开。"高兄，你熟读圣贤之道，有朋自远方来，你就是这么迎客的？"

哪怕是楚王曾此梦瑶姬，也是一梦杳无期。杏花轩，我倒是做了大梦一场。

昨日之日不可追，今日之日须臾期。如此如此复如此，壮心死尽鬓生丝。

"在下即便躲到天涯海角，祁公都能找到。"

"我志在取天下，寻一人又有何难？更何况，你说盈公明知道尹地为我所有，早有重兵把守，为什么不让你在京城养病，竟要把你安到这里来？"

不必多言，此身已老，触事心凉。

"祁公白龙鱼服，千里迢迢，舟车劳顿，想必不是来解惑的。"

"这么多年过去，高兄仍旧丝毫未变。何郡如今已为我所有，你不过是我的阶下囚。我可以给你两条出路：其一，随我回祁都。你我多少算是结义兄弟，此情此景于心不忍。你若是跟随我回去，我可以找祁国最好的大夫医你，我也可以赐你宅院一座，还可以放何郡百姓一条生路；其二，你也可以不跟我回去。"

言罢，你命侍从递来一个小瓷瓶，放在我床头。我隐约见它封如密坛。

"高兄，生存多所虑，长寝万事毕。世事多磨难，我有解药一瓶，随你使用。"

"不过，何郡我不会留一条活口。"

事到如今，别无他法。

　　白首狂夫，流乱而渡。

　　公无渡河，公竟渡河。

　　渡河而死，其奈公何？

用现代文学书写古典精神

——吴小彤对话录

乐康兄台鉴：

汴梁一别，不觉良久。昨日又奉悉乐康兄手书一封，见字如面，甚是想念。入冬以来，北风凛冽，又逢课业繁忙，久疏问候，有负雅意，至感不安。

上次蒙乐康兄大驾，你我二人秉烛夜谈，甚是投契。乐康兄说起东京开封城内奇闻，尤其是唐慈仁为救其民而忍辱负重、甘处卑贱之地的高尚情操，令人心绪难平、感慨万千。想后之视今，亦犹今之视昔，故而乐康兄嘱咐我立新著时定将此事付诸纸上，后世读此，必怆然涕下。

乐康兄饱读诗书，对拙著立意的评判颇有见地。当日之所问，雅量高志，我念念不敢忘。如今新著问世，便借此机会浅答了。

现抄录如下，望不吝赐教。

问：你是以历史散文集《我愿做你的钟子期》一书而受到读者关注的。在这本书中，你用一种独特的视角去诠释中国古代历史人物和事件，从而形成了作品中弘扬中国传统爱国主义精神和中国古代士大夫高尚情操的主题，请谈谈你是如何理解传统文化中所蕴含的这种独特价值的。

答：中国历史上对那些具有声望、地位的知识分子和官吏统称为士大夫，深厚的传统文化造诣使得中国士大夫阶层有着一种独特的人格魅力和气质，形成了一种"士大夫精神"，也可称之为"士大夫高尚情操"。

范仲淹"先天下之忧而忧，后天下之乐而乐"的忧患意识，文天祥"人生自古谁无死，留取丹心照汗青"的慷慨悲歌，岳飞"三十功名尘与土，八千里路云和月。莫等闲，白了少年头，空悲切！"的报国情怀，孔子"行己有耻，使于四方不辱君命，可谓士矣"的道德修养，孟子"富贵不能淫，贫贱不能移，威武不能屈"的大丈夫人格，都是这种"精神"和"情操"的具体体现。

我力图在自己的作品中展现这种"精神"和"情操"。

我认为精忠报国、忧患意识、忍辱负重、忧国忧民等是中国古代士大夫高尚情操的具体内涵。比如屈原，他之所以受到后人爱戴，不单是他所写的浪漫又激情的诗歌，更是他那"亦余心之所善兮，虽九死其犹未悔"的炽热爱国主义精神，是他看到国之衰亡的前景而自投汨罗江的悲壮豪情，以及他用生命来表明与绝望抗争的情怀。

中国古代士大夫是讲究气节的，气指的是气质，是本性，是一个人内在的修养，他们以此作为道德人格的榜样。"玉可碎而不可改其白，竹可焚而不可毁其节"是数千年来支撑中华民族生生不息的灵魂。

古代士大夫精神在中国传统文化中占有重要的地位，正是这些在漫漫历史长河中堆叠而成的刻痕，使得中国文化如此博大精深、源远流长。士大夫的高尚情操体现了中国知识分子固有的精神品质，不仅在当时产生了巨大影响，而且，在当今社会仍有价值。舍身报国、忧国忧民、冰清玉洁不仅是封建社会士大夫所具有的高尚情操，更是当代人应具备的优良品德。

可以说，"传统"并不是一种对立于"现代"的存在，而恰恰是我们今天所需的精神资源与文化之根。

当我们把目光投向历史深处时，我们会发现这种古典精神所蕴含的独特价值和勃勃生机。

问：你作品中的人物都是叱咤风云的一代豪杰，但也不乏落魄失意者而仍被你视作英雄，能谈谈你的英雄情结吗？

答：英雄可以"不论成败"，但"爱国情怀"却是标配。爱国主义精神是中华文化几千年自强不息的源泉和精神支柱，也是中国古代士大夫高尚情操的核心内容。于我而言，这样的英雄人物是我"高山仰止，景行行止，虽不能至，心向往之"的境界。

没有"情"的"情节"是苍白的。我并不拘泥笔下的情节是否"史实"，而是力图逼近人物的内心，追求人的"情"的真实，这也是对历史英雄的最大尊重。比如，在《欲将血泪寄山河》一文中，我重墨描述了南宋抗金名将杨再兴临死时的内心状态——因陷入泥潭、动弹不得而被金军追兵一箭一箭折磨至死时的心理活动。这是一个极其惨烈的历史故事，为收复大宋山河故土，杨再兴杀敌心切，孤身前往敌营，不幸陷入小商河泥潭之中，被追兵乱箭射死。文中，尽管描述了杨将军武艺高强、骁勇善战，如："金军围了上来，你虽寡不敌众却愈战愈勇。你知道，金军定会如同辽军一样畏惧、一样惊叹于杨家枪法！鼠辈之徒，人数虽众，难扭战局。看着敌人在你银枪白马驱赶之下向北四散奔逃，你不禁热血沸腾，不禁心潮澎湃，不禁仰天长啸。"但重点却是要突出他的"情"——精忠报国、为国捐躯的高尚情怀。历史故事中他是瞬间被乱箭穿心而死，而我只写了三支箭，通过这惨烈的过程，来抒发他浩气长存、视死如归的悲壮情怀，以及表达我对杨将军本人的崇高敬意：

"第一支箭——穿透重铠，扎入肩膀，你感受到炙热的血蜿蜒流下，你深知再也无法看到汴京城的车水马龙和朱仙镇的熙攘人群，你也知道再无法去洒东山一抔土，无法收拾旧山河。

第二支箭——扎断肋骨，刺入心脏，你知道就在今日，那用你的鲜血祭献过的山河也会悲恸，鬼神亦会哀泣。你也知道，从此之后，你的声名将如雷贯耳，一片丹心会永垂史册。

第三支箭——罢了，岳元帅，若有来世，还愿做马前之卒，与你从头收拾旧山河，朝天阙！"

在《没有你的棋局中》我写了两个历史人物，一人是诸葛亮，另一人是司马懿。两人对峙，各侍其主，由此演绎了历史上颇为著名的空城计。在历史中，司马懿和诸葛亮这两人是死对头，一个为魏国一个为蜀国，而在这篇文章里我以司马懿的口吻，把司马懿和诸葛亮写成了一对知己，他们在对局一盘国家"大棋"，其中之"情"溢于言表。

"五百年必有王者兴，我不禁欣喜，终于轮到我，与你这个自出茅庐后就攻无不克、战无不胜的智者，下一盘棋了——让我在楚河与汉界中，领略你如神般的兵法。"

"多少年的深夜挑灯苦读，只为与你一战。而今，我终于等到了。"

"多少次回首，依稀见你神机妙算，运筹帷幄的情形，我不禁恼怒：周瑜不足我的才智，鲁肃不及我的能力，为什么他们能与你举杯对月，把酒临风，谈笑自若，但我只能在那穷冬烈风、冰冻三尺的战场上相遇！天大寒，路冰坚，又怎能谈笑风生？"

这样的描写回肠荡气、催人泪下。

问：散文集《我愿做你的钟子期》出版时你还是一名初中学生，对于年仅十四岁的孩子来说，你是如何在繁重的功课之余迷上中国传统文化，以至形成你的"用现代文学书写古典精神"的风格？

答：我从小痴迷《论语》《孟子》《六韬》《墨子》《孙子兵法》《三国演义》等古典著作，对中国历史和古典文学爱不释手，读了不少诗书典籍之后，我萌发了想写点东西来抒发情感的念头。

作文课恰好成了我初期写作的契机。对于一名学生来说，"作文"历来是一项令人头疼的作业，我却设法把它变成一篇篇耐人寻味让人欣喜的作品。自小学三年级起，我开始在老师的"命题作文"中悄悄塞进项羽、曹操等历史英雄人物以及月黑风高夜、刀光剑影血等武侠式的描写。我欣喜发现，脱离了"命题作文"的条条框框，自己竟能如此从容地记录那些奇思妙想，这种"尝试"实际上已显现出历史散文和文化随笔的"尖尖角"。比如：在语文课上，老师要求即兴写一篇含有离别、月光等场景的作文，于是就有了《我寄愁心与明月》；又比如，有一年北京市海淀区中考"一模"的试题是《目光因你而停留》，于是，就有了那篇回肠荡气的项羽和虞姬的抒情散文。《寻他千百度》《歌魁》等亦如此——将老师"命题作文"的旧瓶子不断装进了新酒。在这八百至一千字的篇幅里，我尝试用文学的方式去描绘历史，展现历史人物的精神世界，抒发自己的情感。

我欣喜地发现，这一篇篇小文章，不仅记录了我深入思考后激发研究兴趣的轨迹，展现了我受祖国文化熏陶与浸润的历程，也展现了我的史学知识和优美文笔。

问：新著《我寄愁心与明月》已经问世，你在繁忙的功课之余还会坚持写作吗？能否透露一下目前的写作计划？

答：目前我在国外读大学，国外大学课程确实繁重，大学生活丰富而忙碌，但我每天都坚持写点文字，记录一下自己的见闻、感悟或思绪。中华传统文化犹如波澜壮阔的长江黄河，是我取之不尽用之不竭的创作源泉；哲理深邃、格调高雅的文化典籍，对我具有无穷的魅力和强烈的感染力；精忠报国、冰清玉洁的中国历史杰出人物不仅是我心中的英雄，也是我笔下永恒的主题。

因此，我会继续用文学的方式向中国历史英雄致敬。在大众媒体的受众越来越年轻化和阅读越来越碎片化的趋势下，我会用散文、随笔或微博等的形式来描述古代士大夫的爱国情怀和高尚情操，形成"用现代文学书写古典精神"的写作特色。

乐康兄，此番唐慈仁随大将军北上景州，不知后事如何。想来死生亦大矣，我虽将唐慈仁以及众多英豪之事见诸笔端，然而纸短情长，自愧才薄，总觉有负于乐康兄和读者诸君之嘱托。倘若《我寄愁心与明月》能博得几许共鸣，我将感到极大欣幸。

不日便是年关，特嘱人将新著数本并薄礼一份送与府上，谨表谢意。还望春风送暖，阖府安康。

顺祝时绥。

谨启。

吴小彤

2019 年 2 月

图书在版编目（CIP）数据

我寄愁心与明月 / 吴小彤著. -- 上海：上海文化
出版社，2020.1

ISBN 978-7-5535-1804-6

Ⅰ．①我… Ⅱ．①吴… Ⅲ．①散文集－中国－当代
Ⅳ．① I267

中国版本图书馆 CIP 数据核字 (2019) 第 233749 号

出 版 人：姜逸青
责任编辑：赵光敏
装帧设计：叶　珺
排版制作：方　明

书　　名：我寄愁心与明月
作　　者：吴小彤
出　　版：上海世纪出版集团　上海文化出版社
地　　址：上海市绍兴路 7 号　200020
发　　行：上海文艺出版社发行中心
　　　　　上海市绍兴路 50 号 200020　www.ewen.co
印　　刷：苏州市越洋印刷有限公司
开　　本：889×1194 1/32
印　　张：5.25
版　　次：2020 年 1 月第一版　2020 年 1 月第一次印刷
书　　号：ISBN 978-7-5535-1804-6/ I.709
定　　价：45.00 元

告读者 如发现本书有质量问题请与印刷厂质量科联系
T：0512-68180628